遊び人は賢者に転職できるって知ってました？

〜勇者パーティを追放されたLv99道化師、【大賢者】になる〜

妹尾尻尾

Illust.
TRY

ディラン・
アルベルティーニ
元勇者パーティの遊び人であり、
職業《ジョブ》は道化師。
実はレベルは最高の99。
「道化を演じるのはもうヤメだ。
これからは、俺が主役になる」
ティナ・パネッタ
（身長140cm バスト120cm）
路上でパフォーマンスしていた
ディランに一目惚れ。
ひたすら元気で声がデカい。
「ディランさんっ！
すっっっごおおおおおおい!!」

ライアス・シルヴェストリ
『剣撃の勇者』。ディランをパーティから追放した張本人。
「このクズの遊び人め！」
アイーザ・ディ・インザーギ
『魔法の勇者』。プライドの高い貴族の魔道師。
「道化師ディランこそ、ボクのご主人になるヒトなんニャ!!」
ニャンニャン・ヴィスコンティ
（身長142cm バスト120m）
塔の中でディランに助けられて仲間の一員になったボクっ娘《こ》な猫娘。
ミルス・ブッフォン
『聖法の勇者』。教団の教えを広めんとする僧侶。

「ふわ……あ、ディランさん、おはようございましゅ……」

「ふにゃあ……ご主人、
おはようなのニャ……」
目を覚ました
ティナとニャンニャンが、
両方から抱きついてきた。
柔らかい肌の感触を、
朝から全身で味わってしまう。

「ご主人出来たニャー！」
「ご主人様、お待たせしましたー！」

俺が、食堂でコーヒーを飲みつつ、ギルドから送られてきた新聞を読みながら待っていると、メイド服の二人が朝食を持ってきてくれた。いいね。
THE DAILY

CONTENTS

ダッシュエックス文庫

遊び人は賢者に転職できるって知ってました？
～勇者パーティを追放されたLv99道化師、【大賢者】になる～

妹尾尻尾

01 遊び人、パーティをクビになる。

「お前はクビだ」

勇者がそう宣告した。

俺は「またこのパターンか」と思った。

ヴァンガーランド王都の外れにある、小さな宿屋の、狭い一室で。

仲間である勇者三人に、俺は責められていた。

内容は、『魔大陸からなぜ逃げ出したのか』だ。

勇者のパーティは四人。

『剣撃の勇者』――ライアス。

『魔法の勇者』――アイーザ。

『聖法の勇者』――ミルス。

そして『遊び人』の俺、ディラン。

俺は、辛《つら》い旅路を和《なご》ませる道化《どうけ》役・勇者たちの活躍を伝える語り部《べ》・そして荷物持ちとして選ばれた。戦闘でも役に立っていたと思うけどね。

とにかく覚えておいてほしいのは、俺たちは対等じゃないってことだ。

勇者が上官で、俺は下《した》っ端《ぱ》。

軍隊のような上下関係には理由がある。

俺たちは、人間の敵である魔王を倒すためにパーティを組まされた。そしてその目的のために魔大陸へ渡っていた。

だが、惨敗して、逃げ帰ってきたのだ。

俺たちが負けたことにより、人間界は再び不安に包まれるだろう。本当に残念だ。人々の期待を受けた。いろんな人が助けてくれた。大勢の人が応援してくれた。それなのに……。

だけど、こいつら『勇者』は、自分のことしか頭にない。

魔大陸から脱出して三日が経《た》つが、
剣撃《ライアス》は「英雄になれたはずなのに……！　俺の名前が歴史に残ったはずなのに……！」と頭を抱《かか》えているし、
魔法《アイーザ》は「王族になれたはずなのに……！　皇帝の后《きさき》にこの私が……！　次の皇帝の母という輝かしい未来が……！」と爪《つめ》を噛んでいるし、
聖法《ミルス》は「モンテ教がこの世界における絶対の教えだと広める機会でしたのに……」と無表情

で泣いている。怖い。

俺が「……船、沈んでしまいましたね。たくさんの人たちが造ってくれたのに」とか言おうものなら、

「お前のせいだろう！」

「下々《しもじも》の者どもが『勇者《わたし》』に奉仕するのは当然でしょう！　むしろ喜んでほしいくらいだわ！」

「タミワ教の者が造った船など、沈んで当然です」

お前ら、こういう時だけは仲いいのな。

まぁこうなるのも仕方ない。

俺たちは、最後のチャンスをダメにしたのだ。


ライアスが吠《ほ》える。

「なぜ転移結晶を使ったんだ！　お前がビビったせいで俺たちはすべてを失ったんだ！」

転移結晶っていうのは、記録した地点に瞬間移動できる（便利だけどめちゃくちゃ貴重な）アイテムだ。

俺はそれを、魔大陸からの脱出に使ったのだ。

生きるために。

その結果、俺たちはいま、王都の外れにある小さな宿屋にいる。全員無事でな。

ライアスが叫ぶ。

「これが最後のチャンスだったんだぞ！　船は沈み、転移結界は破壊され、俺たちはもう魔大陸に渡る手段がない！　いいか！　俺たちが魔大陸に渡るまで一年もかかったんだ！　王から託された秘宝『雲隠しの宝玉《ほうぎょく》』を使い、聖剣は折られ、路銀も食料はすべて使い果たした！　もう後がなかったんだ！　この旅で魔王を滅ぼさなければ、俺たちにはもうチャンスがない！」

こいつは俺の二つ年上――つまり二十五歳だ。生まれた国が同じだからか、やたらと先輩風を吹かせるのがうざい。たかが二年生まれたのが早いだけで、なんでこんなに偉そうにできるんだろうな。

それに、チャンスがないっていうのは、魔王を滅ぼすチャンスがないわけじゃなくて、お前が有名になれるチャンスがないってだけだろ。

ライアスが叫ぶ。

「それなのにお前は、お前だけの判断で魔大陸から逃げ出した！　俺たちまで引き連れて！　答えろ‼　なぜ転移結晶を使ったんだ‼」

『遊び人』の役割は、パーティの潤滑油《じゅんかつゆ》になることだ。

こいつらは、ワンマンチームの寄せ集めだ。個々はそれなりに強いが、連携《れんけい》なんて取る気もない。強いやつらが集まれば最強だろうと固く信じている連合首脳が生んだ欠陥《けっかん》パーティ。そして失敗はすべて俺のせいにしてきた。

いつものことだ。

俺はこれまでのように、へらへら笑って道化を演じようとしたのだが……。

「嫌ですねぇ、ライアス」

たぶんこの時の俺は、いろいろと面倒くさくなっていたんだと思う。脱出からこっち、パーティの宿の手配や資金の調達やらで碌《ろく》に眠ってなかったからな。

「転移結晶を使わなったら、私たちは全滅してたじゃないですか」

「なんだと……!?」

うっかり正直に答えたら、ライアスの表情が険しくなった。めっちゃ怒った。やっべ、失敗した。

ていうか、使った理由はいま、お前が全部喋《しゃべ》ってただろ。

船が沈んで、食料がなくなって、秘宝も使って、聖剣だって折られたのに、俺たちは魔王の幹部すら倒せなかったんだぞ?

そんな状態で魔王に辿《たど》り着けると思うか?

ていうか、その幹部に殺されかけてたじゃんお前?

むしろ一人も死なずに魔大陸から脱出できたことに感謝してほしいくらいだ。

「そんなことない！　あそこからでも俺は逆転できた！」

いや、聖剣と一緒に心も折られて、「殺さないでください、助けてください」って魔王の幹部に泣いて頼んでたじゃん……。俺も一緒に頼んだじゃん……。まぁ俺のは、転移結晶を使うための時間稼《かせ》ぎだったけど……。

「今回はその剣バカの言う通りよ。そいつはまだしも、私はまだ逆襲できた」

隣でずっと聞いていた『魔法の勇者』が口を挟んだ。

貴族出身の高圧的な女だ。自分以外の人間はすべて虫けらだと思ってるに違いない。

俺は彼女に答える。

「でも、MPはなくなってましたよね？」

「なっ、なんで知って……!?　う、嘘よ！　なくなってなんかないわ！　適当なこと言わないで！　魔法が使えないアンタに、どうしてそんなことがわかるのよ!?」

「そりゃ魔法を使った回数を数えてるからですけど？」

「嘘よ！　そんなこと出来るわけないじゃない！　戦ってる最中に他のやつのことなんか見るはずがないわ！　それともアンタ、私のこと戦闘中ずっと見てたっていうの!?　気持ち悪い！」

いや、気持ち悪いって……。

戦闘中に仲間の位置を把握しないなんて、そっちのほうがどうかしてるだろ……。

さらにその隣に座っていた女が、口を開いた。

「モンテ神に代わって、あなたの懺悔《ざんげ》を聞きましょう」

神官の法衣を着た、聖法の勇者だ。

「私の聖法ならば、かの者を一瞬で昇天させることができました。なぜ貴方《あなた》はその機会をふいにしたのか」

「ははは、ご冗談を。無理ですよ。だってあの瞬間、MPをなくしたアイーザが杖《つえ》の魔力を開放しようとして、それを察知した幹部の手下が魔法結界を張ろうとしていましたから。あそこで即死呪法を使ってたら、跳ね返されてミルスが死んでましたよ？」

「即死呪法ではない！　昇天聖法である‼」

「あ、そうでしたね、失礼しました」

「モンテ神は寛大であるがゆえ、今回は許しましょう。ですが次はありません」

「はい、ありがとうございます。モンテ神様」

この野郎、自分がミスったことをウヤムヤにしたな……。

俺が道化に徹してると、ライアスが甲高《かんだか》い声で叫んだ。

「おいディラン！　お前そこまでわかっていながら、どうして何もしなかった！」

「転移結晶で撤退《てったい》をしましたが……」

「それがバカなんだ！　最悪の手だ！　お前がその手下を殺していれば、俺たちは勝てたじゃないか！　どうして見てたんだ‼」

「ええ……私のスキルは陽動向きですし……それはご承知のはずでは……」

「この役立たずめ！　少しは活躍したらどうなんだ！　いつもいつも、俺たちの周りをウロチョロするばかりで使えないゴミめ！」

始まった。いつものやつだ。本人はお説教のつもりなのだ。ただの八つ当たりなのに。

これに反論すると、説教時間が三倍になる。相手にするだけ時間の無駄だ。

俺はげんなりする。もちろん、げんなりした顔なんて出さない。しょぼん、としたふりをする。

「……すみませんでした」

「いいか！　お前が役に立たないバカだから俺がこんなに苦労してるんだ！　まったく、使えそうだと思って俺の手元に置いてやってたのに、恩を仇《あだ》で返しやがってこのクズの遊び人め！」

「……申し訳ありませんでした」

道化師の衣装であるタキシード姿でひたすらしゅん、とする俺。

「もういい！　お前はクビだ！　二度と俺の前に顔を見せるな‼」

「……はい、今までお世話になりました」

しゅん、としたまま俺は立ち上がり、踵《きびす》を返す。

これもいつものやり取りで、このバカ勇者は、後で俺が「さっきはすみませんでした。パーティを辞《や》めさせないでください」って言うのを待っているのだ。

あー、でも、もういいかな。

魔大陸に渡る最後のチャンスを無駄にして、このパーティもうダメだろう。このまま帰れば、王国連合の信用を完全に失う。そうすれば『勇者』の称号は剝奪《はくだつ》されて、また別の冒険者が『勇者』に祭り上げられるに決まってる。

ここで本当に、クビになるのもアリだな。

魔王を倒すためなら、と思って今まで我慢していたけれど。

もうコイツらの面倒を見るのもうんざりだ。

とか思っていたら、

「今度こそはどんなに頭を下げても許さん。おいディラン、お前の持っているアイテム、それと財布の中身、すべてここに置いていけ」

「…………はい？」

「聞こえなかったのか。アイテムとカネをすべて置いて、今すぐこの宿から出ていけ。お前はもうパーティの一員じゃない」

マジかよ。

こいつ、ここまでバカだったのか。

俺がいないと、他の二人とも話せないくせに。

まぁいいや。どうせだから追放されておこう。

俺はショックを受けたふりをして、何も言わずにアイテムとお金を置いて、部屋から出ていった。

三年間、一緒に旅をしてきたパーティの三人は、

「…………」

「…………」

「…………」

出ていく俺に、何も声をかけなかった。

◇◆◇◆◇◆◇◆◇◆

「とりま、金を稼ぐか」

空っぽの財布をお手玉しながら、俺はつぶやいた。

「大道芸は久しぶりだな」

幸い、場所は王都である。人通りは多い。つまり客も多い。

俺はこっそり持ってきた手品道具を路上のど真ん中に置いた。

シルクハットを地面に転がして、逆さにすれば、準備は万端《ばんたん》。

なんで手品道具を持ってきて、お金はこっそり持ってこなかったのかって？

答えは簡単。すぐ稼げるから。

俺の道化師レベルは、99だ。


「さぁ始めよう──舞踏《ダンス》」


その場でくるくると踊る。俺の動きに合わせて、光の帯が生まれて輝く。

道化師の技能、舞踏《ダンス》は、魔法のようなものだ。MPを消費しない代わりに、こうやって踊る必要があるのだが。

「わぁ、綺麗！」

「おおっ、大道芸人か！」

「いいぞ、踊れ踊れー！」

「すっげぇ、魔法の花だ！」

俺が踊れば、光の花がそこかしこに咲き乱れる。

俺のダンスは、人々を魅了《みりよう》する。

つまり、幻惑《げんわく》を魅せたりもできる。

幻の踊り子たちが俺の周囲に現れて、一緒になって踊り始めた。

ああ、懐《なつ》かしいなぁ。俺がこのダンスでモンスターたちの目を眩《くら》ませて、アイーザが魔法で

一網打尽《いちもうだじん》にしたこともあったっけ。

「さぁ次だ——手品《マジック》」

俺は懐《ふところ》からトランプを取り出すと、踊りながらシャッフルする。

そうして手の平から、虚空《こくう》へと飛ばした。


ざぁあああああああああああああああっ……！


トランプは止まらない。

俺を包み込み、地面まで覆《おお》い尽くすと、やがて龍の姿を形作る。

龍は動き始める。俺はトランプでできた龍の上に乗って、観客たちの頭上を飛んだ。

「わーわー！　すごいすごい！」

「トランプの龍だー！」

「え？　魔法⁉　魔法なの⁉」

人々が歓喜の声を上げる。

うーん、気持ちいい。そして懐かしい。この龍にミルスを乗せて、遠くにいる傷ついた人たちを癒《い》やしに行ったこともあったっけ。

「では取っておき、瞬間移動！」

ぱっ、と俺の姿がかき消える。

同時にトランプがばさばさっと崩れた。

「消えた⁉」

「どこ、どこ行った⁉」

人々の驚きの声が聞こえたかのように、地面のトランプが動きだす。

トランプはやがて、何体もの人の姿になっていく。

それらは、またも崩れて、中から何人もの俺が出現した。

「――分身マジック！」

上に飛ばしておいたトランプから、俺たちにスポットライトが当たる。

「すっげぇぇぇぇぇぇぇぇぇぇぇぇぇぇぇぇ！」

観客たちが、どっと湧いた。

人々から驚愕《きょうがく》と称賛《しょうさん》の声を浴びる。いい気分だ。ああ、これも懐かしいな。ライアスのバカが大ピンチに陥《おちい》った時、俺が分身して助けたっけ。

トランプの俺たちはまたも崩れ去る。

しかも、そのトランプはすべて――「ぼっ！」と燃え尽きた。

「うぇぇぇ⁉」

「燃えた、燃えちゃった！」

やがてその炎が、再び人の形になって、

「――楽しんでいただけたかな⁉」


俺が姿を現した。

「きゃあああああああああああああっ！」

「すっげぇえええええええええええっ！」

「うっそだろおおおおおおおおおおおっ！」

度肝《どぎも》を抜かれる街の人々。

地面に置いた俺のシルクハットに、お金《コイン》が投げ入れられ、瞬《また》く間に入り切らないほどになる。

路上パフォーマンスは大成功に終わった。

観客たちが帰った後、俺はシルクハットを拾って頷《うなず》く。

「一カ月分の生活費は稼げたかな」

『勇者』パーティにいるときは、「勇者が大道芸などもってのほかだ」という理由で禁止されていたのだ。

うーん、久しぶりのショーは気持ちいいねぇ。

この国の貨幣は、コインだけだ。紙幣はまだない。財布にじゃらじゃらと適当に入れるが、収まりきらない。

俺はぱちん、と指を鳴らした。すると、入りきらないお金と、パンパンになった財布が、まるごと虚空に掻き消える。道化師のスキルである『手品《マジック》』を使ったのだ。入れるのも出すのも自由自在である。

金は手に入れた。次は――と歩きだそうとしたそのとき、残っていた客に声をかけられた。

「ア、アンタ……！　ひょっとしてディランじゃないか……？　伝説の道化師の……！」

この国の都にも、俺を知っている人間がいたようだ。俺は笑ってみせた。

「『遊び人のディラン』と呼ばれないのは、久しぶりだね」

「やっぱり！　なぁアンタ！　俺と組んで貴族に取り入らないか⁉　この国で一番の金持ちになれるぞ‼」

なるほど、貴族の屋敷に出入りしているどこぞの商人らしい。

金持ちにはなりたいが、俺は首を横に振った。

「悪いけど、他にやりたいことがあるんでね」

「なっ、もったいない！　いったい何をやるっていうんだ⁉」

「――転職さ」

呆然《ぼうぜん》とする商人を置いて、俺はひとり、歩きだす。

――なぁ勇者さん。アンタたちは知ってるかい？

レベル99になった道化師は、【賢者】に転職できるってことを。


「人生、やり直すか」

道化を演じるのはもうヤメだ。

ここからは、俺が主役になる。

02 遊び人、パーティを組む。

王都から、徒歩で半日の街。

路上にて。

「さぁよく見て？　この五つの石ころが宝石になるよ？　さん、にぃ、いち！」

俺が両手を返すと、手の平に載《の》っていた石ころが、キラキラと光る宝石になった。

「わぁ！　すごい！」

「きれ――……」

「どうなってるの～？」

眼の前にいる観客たち、とくにお嬢さん方が、きらきらと目を輝かせる。

俺はわざとらしくため息をついて、

「う～ん、やっぱりお嬢さんの瞳の麗《うるわ》しさには、こんなまがい物じゃ勝てないな」

とか言って、宝石を花束に変え、目の前のお嬢さんに渡す。

「はい、どうぞ。あっと、造花じゃなくて生花だからね？　お水はちゃんとあげること。普段からのお手入れは大切でしょ？」

「ふふっ、ええ、そうね、ありがとう」

「おーっと、それともお嬢さん、本当はこっちが欲しかったかな？」

花束を引っ込めて、右手からさっきの宝石を、ぱっと出現させる。

「もう！」

「「あははははははっ！」」

笑いながら怒るお嬢さんと、それを見て笑う観客たち。

「でもごめんね、これ、やっぱり石ころなんだ」

宝石を右手の指でくるくる回してみせる。

実際はただのガラス玉だ。石ころにガラスをくっつけて、手品魔法でそれっぽく見せていただけなのだ。

「おぉ～」

「すげぇ～」

手品のタネを見た観客たちが、感心と驚きの声を上げた。

俺はいたずらっぽく尋《たず》ねる。

「さ、お嬢さん、どっちが欲しい？」

お嬢さんは、馬鹿にされて怒るのと、一緒に手品を進めていく楽しさの、ないまぜになった表情で、指さした。

「お花が欲しいわ」

「ほんと？　この石ころ……じゃない、宝石じゃなくて？」

「そう！　お花！」

「わかりました、はい、今度こそどうぞ。落とさないでね」

俺が花束を渡す。

するとすぐにお嬢さんが異変に気づき、

「えっ？　うそ、ほんと……⁉」

花束の中から、宝石を取り出した。

「これ、本物だわ……！」

驚くお嬢さんを横目に、俺は大きく手を上げて、叫んだ。

「それは助手代として差し上げましょう！　はい皆さん、この宝石と花束にも負けないくらい素敵なお嬢さんに拍手ー！」

「「おお～～～～～～‼」」

ぱちぱちぱちぱちぱちぱちぱちぱちぱちぱちぱち！

「もう、ありがと！」

照れたように飛びついてきたお嬢さんが、俺の頬にちゅっとキスをした。

俺は驚いてみせる。

「最高の報酬だね！」

「「「あはははははははははっ！」」」

いつしか街の路上には、人がたくさん集まって、俺のパフォーマンスを見てくれていた。

「ブラボー！　ブラボー！」

「いいぞー！　大道芸人！」

「すてきー！　遊び人さいこー！」

シルクハットに入り切らないくらいのお金が山と積まれていった。お嬢さんにあげた宝石を、あと十個は買えるだろう。

「遊び人の兄ちゃん、うち寄ってきなよ！　エールが美味《うま》いよ！」

「あぁん、それならうちのお店に来てよぉ、朝まで、いい子つけるからぁ」

「おう遊び人、これ持っていきな！」

「ありがとうございまーす！」

こういったショーに慣れてない街の人々は、俺をめちゃくちゃちやほやしてくれる。

いやぁ、楽しいなぁ。

お客さんたちから、とめどない称賛《しょうさん》と、いろいろなお誘いを受けつつ、俺はこの先のことを考える。

路銀もたくさん手に入ったし、そろそろ転移魔法サービスでも使って、一気に移動しようかな。

職業《ジョブ》の聖地――バベルへ。

◇◆◇◆◇◆◇◆◇◆

この国から遠く離れた地に、天を衝《つ》く塔がある。文字通り、空の上まで果てしなく聳《そび》える塔だ。

名は、『天衝塔《てんしょうとう》バベル』。単純に『塔』とか呼んだりもする。

神代《しんだい》に作られたらしい。

モンスターと金銀財宝がひしめく、古代のダンジョンだ。

そこに入ると、『冒険者』として職業《ジョブ》が得られる。

職業《ジョブ》ってのは、人間の限界を超える神のシステムだ。

それは本来、『天衝塔バベル』を攻略するためのものだった。

だが、『魔王』に対抗するために使われたりもする。

魔王を滅ぼすために、王国連合が強力な『冒険者』を魔大陸に送った。その者たちを『勇者』と呼ぶ。俺がパーティを組んでいたやつらだ。

ライアスは『剣撃の勇者』とか言われているが、『塔』じゃただの戦士だ。

『魔法の勇者』のアイーザもただの魔道士。

『聖法の勇者』のミルスも僧侶。

彼らはちょっとレベルが高かっただけ。それで王国連合のお偉いさんたちに選ばれて、調子に乗っただけ。

ちなみに、職業《ジョブ》が道化師《どうけし》だった俺は、『遊び人』と呼ばれていた。なんで俺だけ勇者じゃねーんだよ。

ま、別にいいけど。

ともかく、そのバベルへ、俺は戻る必要がある。

宿は引き払ってあるから、昼食を食べてから、転移魔法屋を探そう。

とか思ってたら、

「あのー！」


下から声がした。

小さな女の子が、俺を見上げていた。背丈《せたけ》からして、十三歳くらいだろうか。

「どうしたのかな、お嬢ちゃん？」

女の子は、まるで愛の告白をします、とでもいうように、顔を真っ赤にして叫んだ。

「私と、パーティ組んでください‼」

「…………ん？」

さすがの俺も理解が追いつかない。

あまりにも急展開すぎる。現実はいつもそうだ。

もう一度、女の子をよく見てみる。

ちょっとふくよかに見えるが……。あ、これ、お腹《なか》じゃなくて、胸だ。

胸がめちゃくちゃ大きいんだ。身長は低いのに。成長期は大変だなぁ……。

しかしなぜか、軽装鎧《よろい》を着て、長剣を腰に差し、大きな盾《たて》を担《かつ》いでいる。仮装だろうか。

でも、この長剣は本物だ。危ないなぁ。

あ、と思い至る。パーティってもしかして……。

「仮装パーティでもやるのかな？　それで俺に手品を教えてほしいとか？」

俺がにこやかに微笑みながら答えると、

「ちっ、違います！　『冒険者』のパーティですっ！」

「冒険者……？」

「あの、ディランさん、ですよねっ⁉　伝説の道化師の！」

「うん、そうだけど……？」

「私も『冒険者』なんですっ！　でもまだパーティ組めてなくって、それで！」

「え、君が冒険者？　嘘だろ？　だって年いくつよ？」

「私はこれでも十八です‼」

みっ、見えねーっ！

どう見ても十三歳とか十四歳とかだろ……。身長的に……。いや、胸はともかくとして……。

「あ、そ、そうなんだ。それは悪かった。子供扱いして……」

「いえ、よくありますから！」

女の子はさして気にした様子でもない。

「なるほど。鎧や剣がそれなりに使い込まれているのは、そういうことか。お父さんのを借りたわけじゃなくて、自分のなんだな」

「はい！　お父さんには昨日会ったので！　あ、王都の実家に帰っていたんです！　これからまたバベルに戻ります！　お金がなくて歩いていこうと思ってたんですけど、この街なら格安の転移魔法屋さんがあるって聞いて！　でもバベルに戻ってもパーティ組んでないなー、どうしようかなーって思ってたら、ディランさんが路上パフォーマンスをやってて！」

喋《しゃべ》る喋る。

俺は苦笑した。バベルには歩いていけないって、知らないんだろうな。

「ああ、そうなんだ」

　すると、女の子が、ぐいっと、背伸びして顔を近づけてきた。

「私っ、運命だと思いましたっ！　こんなところで伝説の道化師さんに出会えるなんてっ‼」

　曇りのない眼《まなこ》である。

　尊敬の眼差《まなざ》しである。

「それで俺をスカウトしたわけか……。バベルじゃないのに『冒険者』のパーティに誘われるなんて珍しいこともあるもんだ」

「あの！　一緒に行きませんか、バベルまで！」

「うーんと、ごめん、断る」

「はへっ！！！？？？？」

「パーティも組めない」

「はへっっっっ！！！！！？？？？？？」

　女の子が、がびーん、と硬直した。笑顔のまま固まっている。

「俺、もう道化師やめようと思ってんだよね。しばらくは一人で塔に登るつもりなんだ」

「はっ、へっ、そっ、そうなんですかっ……！　やだ、私、はしゃいじゃって……ご、ごめんなさいっ‼」

　女の子は九〇度のお辞儀をすると、顔も上げずにダッシュして逃げ出した。途中で柱に頭からぶつかってひっくり返り、それでも華麗に起き上がって痛む素振りすら見せずに再び走りだした。

あの頑丈さ、冒険者っていうのは本当らしい。

装備と、身のこなしからして、職業《ジョブ》は戦士か。

女の子の走り去った方向をぼんやりと見つめる。


——泣いてたな。

◇◆◇◆◇◆◇◆◇◆

三十分後。

野外の軽食屋で、パンと揚《あ》げ鶏《どり》を食べていたら、

「え、格安の転移魔法サービスがあるんですか!?」

後ろから、聞き覚えのある声がした。

つい三十分前に聞いたような声だ。

振り返って見ると、先ほどの女の子が、怪《あや》しい男二人の後について、歩いていった。

「…………（もぐもぐ）」

格安かー。

俺も後で行ってみようかなー。

鶏肉のジューシーな肉汁《にくじゅう》を堪能《たんのう》しながら、俺はそう思った。

◇◆◇◆◇◆◇◆◇◆

部屋には、少女の他に男が二人。

少女が後ろから羽交《はが》い締《じ》めにされていた。

どことも知れない、地下室。

「いやっ！　やめてくださいっ！」

一人は少女を羽交い締めにしていて、もうひとりは、少女の前で、なにかの紙を持っていた。

「魔力紋の契約書だ。お前が逃げても、どこまでも探しに行けるからな」

男は少女の手を持って、その契約書に合わせようとする。

手の平の魔力紋様で、奴隷契約が成立する——そういうことだった。

この地下室は、娘を攫《さら》って売り払うために使われる、彼らの仕事場である。

男たちは、少女の手を契約書に乗せて、契約させ、奴隷にして売り払おうとしていたのだった。

「まだガキだが顔はいいいし、胸もバカみてぇに成長してやがる！」

「こりゃ高く売れるぜ！」

「やめてぇ！　放してぇ！」

男たちの笑い声と、少女悲鳴が地下室に響く。

そこへ、

「――これはこれは、お邪魔だったかな？」


タキシードにシルクハットという、場違いな男が現れた。

「あ？　なんだてめぇ……？」

「どっから入ってきやがった？」

「普通に、扉からだけど？」

かちゃん、と扉の錠《じょう》が落ちた。鉄製のそれは、鋭利な刃物ですっぱり切られたようだった。

しかし、タキシード男が持っているのは、ただのトランプだ。

「衛兵か!?　いや、冒険者か！」

「死ねぇぇ！」

「ほいほいっと」

タキシード男の体が、流れるように動く。

男二人の横を、ただ通り過ぎたように、少女からは見えた。

まさか当て身を食らわせていただなんて、少女は夢にも思わない。

「種も仕掛けもございません。――マジでね」

男二人は何も言わずに、倒れ伏した。

タキシード男が、倒れた彼らに語りかける。

「急所は外したから死なないとは思うけど、後で衛兵に連れていってもらうからな」

そうして、少女のもとにやってきた。

「……平気かな、お嬢さん？」

少女は、がくがく震えながら、ゆっくりと頷《うなず》いた。

泣きながら。

「よしよし、もう大丈夫」

タキシード男が少女の肩に手を置くと、

「びゅわあああああああああああああんっ！　ディランさぁああああああああああああああああああああああああんっ！　怖かったよぉおおおおおおおおおおおおおおおおおおおおっ！」

真っ白なタキシードに少女が頭から飛びついて、泣きわめいた。

とりあえず、訊《き》いておこうと思ったのだろう。

「きみ、名前なんていうの?」

◇◆◇◆◇◆◇◆◇◆

翌日。

転移魔法でバベルにやってきた俺は、抜けるような青空と、天を衝く塔を仰《あお》いで、思いっきり背を伸ばした。

十五歳から登り始めたこの塔。

二十歳《はたち》で道化師を極め、『勇者』パーティに召集されてから三年。

けっこう、長かったな。

息を大きく吸って。

青空と塔に向かって。

叫ぶ。

「帰ってきたぞ————っ!」

ここから、もう一度やり直すのだ。

道化を演じるのはもうヤメだ。

これからは俺が主役——

だ。

「私も帰ってきました――――っ！」

遮《さえぎ》られた。モノローグを遮るのはどうかと思う。

隣で、突然叫んだ俺を呆然《ぼうぜん》と見ていた少女が、顔を真っ赤にしながら、同じように叫んだのだ。

そうして、俺を見て、満面の笑みになる。

「パーティ！　よろしくお願いしますね、ディランさん！」

俺は苦笑した。

「わかったよ――ティナ」

ま、主役には、脇役も必要だ。

ヒロイン？　そんなんじゃないでしょ（笑）。

03 遊び人、塔《バベル》へ帰る。

王都。

とある宿の一室。

朝。

「あのクズ、まだ帰ってこないのか！」

『剣撃の勇者』ライアスが、椅子を蹴っ飛ばした。

「まさか……本当にパーティを抜けたのか？」

そう思ってディランの部屋を見に行くと、もぬけの殻《から》だった。

いや、そもそも、アイテムはすべて置いていかされたのだから、もぬけの殻で当然なのだ。

なのだが、ライアスはそれに思い至らない。

「――クズめ！　『勇者』としての自覚が足りん‼」

ディランは『勇者』とは呼ばれていなかったのだが。『遊び人』だったわけだが。

どしどし音を立てて、自室へ戻るライアス。

乱暴にベッドに座る。

「まあいい。荷物持ちはどこかで雇えばいいからな」

立ち上がり、階段を降りる。

一階にある食堂で、朝食を摂《と》るつもりのようだ。

魔法《アイーザ》と聖法《ミルス》はまだ起きてきていないらしく、いなかった。

「ふん、だらしのない連中め……」

悪態をつきながら、ライアスは椅子に座る。

待っているものの、何も出てこない。

そりゃそうだ。この宿は自分で取りに行くシステムなのだから。

いつもはディランが全員分を持ってきてくれていたことに、やっと気づいたのだった。

「くそ、なぜ俺が……」

ぶつぶつ言いながら食事を取りに行き、不味《まず》そうに食べて、部屋へ戻ろうと席を立った。

「アンタ、食器くらい自分で片づけなよ！」

後ろから、宿のおばちゃんに怒鳴られて、「知るか！」と言い返して、階段を上っていく。

「なんだってんだい！」

このおばちゃんが、宿の女主人であり、またその気持ち一つで、客を簡単に追い出してしまう種類の商売人であることを、ライアスは知らなかった。

一時間後、ライアスは宿に荷物を置いたまま、町を歩いていた。

王都には、『勇者』を支援する組織の本拠地がある。

本来、魔大陸から撤退した彼らは、支援組織に顔を出さねばならないはずだ。

だが、ライアスはそんなことしたくない。

まだ諦《あきら》めていないのだ。

このまま戻らず、もう一度、自分たちだけで魔大陸へ行くつもりだった。

そのためには船が必要だ。

勇者のために造られた船は沈んでしまったから、他の船を用意しなければならない。

とはいえ、それほど難しくない、とライアスは考えている。

『勇者』の名前を出せば、世界中の船が自分のもとに集まってくるはずだと。

……もちろん、大きな勘違いなのだが。

とにかく、まずは王都から港町まで行かなければならない。

港町まで行くには、馬車がいる。

転移魔法サービスを使ってもいいが、万が一素性《すじょう》がバレたら困る。自分たちはいま、魔大陸にいるはずなのだ。船を使うときも、こっそり身分を明かすつもりでいる。

今回もそのつもりだった。

貸し馬車屋に着いたライアスは、深くフードを被《かぶ》ったまま、主人に声をかけた。

「おい、お前」

「あ？」

「あ？　とはなんだ。俺が誰だか知らないのか？」

「あぁ？　どっかのヤクザか？」

「クズめ。俺の顔をよく見ろ」

この主人とは、一度会ったことがある。いや、ディランが交渉する際、後ろにいただけだが。

「誰だおめぇ？」

「この……記憶力がないのか、クズめ……！」

「誰がクズだと？」

「仕方ない、これを見ろ」

「あぁ？　……『勇者の証《あかし》』？　おめぇ、どこでこれを？」

「どこでだと？　王から直々《じきじき》にいただいたに決まっているだろうが！」

「王から直々にって……、あっ！　ゆ、勇者さま……!?」

「ふん、ようやく思い出したか」

「ええ、そのムカつく顔にムカつく喋《しゃべ》り方、勇者さまに間違いねぇや」

「ムカつくだと、貴様!!」

「でもどうしてここに？　魔大陸に渡ったはずじゃあ？　ひょっとして、魔王を倒してきたんですかい⁉」

「い、いや、その、まだだ……。少し、その、休養だ」

「はぁ、休養」

「そんなことはどうでもいい！　馬車を貸せ！」

「そりゃ構いませんけど、どちらまで行かれるんです？」

「ジャノバだ。三人乗る」

「港町まで……。はぁ、魔大陸へ戻られるんですな」

ふんふん、と納得する主人。

思い出したように、

「あの遊び人の兄ちゃんはどうしました？」

「はん！　あのクズは追放してやった！」

「は？　追放？」

「役立たずで俺たちの周りをうろちょろするくらいしか仕事をしてなかったからな！　それに今回の大失敗だ。処刑してやっても良かったが、俺の慈悲《じひ》で追放処分にしてやったんだ！」

「確かにうろちょろしてたように見えましたが……そりゃ、あの兄ちゃんが小間使いみたいに走り回ってたからじゃ……」

「俺の許可なく敵前から逃亡したんだ！　やつの腰抜けに、こっちまで付き合わされた！」

「つまり、皆さんで一緒に逃げた、と……。あ、」

それでいま、魔大陸じゃなくてここにいるのか……？　と主人が思い至ったことに、ライアスはまったく気づかない。

「クズのことはもういい。一時間後にまた来る。用意しておけ」

「へぇ、わかりました。――あ、お代はいまちょうだいします」

「なんだと？　代金？　貴様、勇者の俺からカネを取ろうというのか！」

「ええ？　そんなこと言われたって困ります。だいたい、前回もきっちりお支払いいただけたじゃないですか」

「そんなことは知らん！」

「知らんと言われても、お代をいただかなければいくら勇者さまとはいえ……。支援組織に請求するのでしても、相応の契約書をいただかなくては……」

「な、支援組織には連絡するな！　絶対にだぞ！」

「え」

「い、いや、いい……。カネか。カネだな。……これで足りるか？」

ライアスは、ヴァンガーランド銀貨を一枚、テーブルに置いた。

唖然《あぜん》とした主人が、その銀貨と、ライアスを交互に見る。

「なんだ、足りないのか？」

主人の目が、ライアスを下から上まで品定めするように動いた。

彼はこう思っている。こいつ、なんもわかっちゃいない。つまりカモだと。

そして急激に、主人の態度が変化した。

「足りません」

「なんだと？」

「こんな銀貨一枚で何に乗ろうっていうんです？　ポニーですか？　それとも羊ですかい？」

「どういう意味だ貴様……！」

「ヴァンガーランド金貨を十枚。それでいいでしょう」

「なっ、金貨？　金貨を十枚だと⁉　そこまで高いはずがないだろ！」

「嫌なら他を当たってください」

「貴様……‼」

侮辱《ぶじょく》された怒りで、思わず腰の剣に手が伸びる。

だが、いつの間にか、周囲に人が集まっていることに気づいた。ここで剣を抜いて騒ぎを起こしては、支援組織にバレてしまう。

「覚えていろよ‼」

ライアスは踵《きびす》を返して去っていった。

結局、馬車を借りることすらできなかった。

「なぜこうなった……！　くそ、くそっ……！」

「ちょっとアンタ！　どこ行ってたのよ！」

ライアスが宿に戻ると、入り口で、魔法《アイーザ》に怒鳴られた。隣には聖法《ミルス》もいて、無表情で立っている。

「なんだ。どこへ行こうと俺の勝手だろう！」

「アンタのせいで私たちまで宿を追い出されちゃったじゃない！　どうすんのよ！」

「なに？　追い出されただと？」

見れば確かに、ライアスの荷物が足元にある。

「どういうことだこれは!!」

「私は知らないわよ！　アンタがここのババァと悶着《もんちゃく》起こしたんでしょうが！」

「なんだと!?」

宿の前でそんな言い合いをしていると、

「何アレ、痴話喧嘩《ちわげんか》？」

「なんか見覚えのある顔だな……あの二人」

「誰だっけ……？」

通行人が足を止めて、ライアスたちを見ていた。

ライアスの頭に血が昇る。

「っ！　くそ、行くぞ……！」

ライアスは慌《あわ》ててその場から歩きだす。

「ちょっと！　どこ行くつもりよ！」

「うるさい！　黙れ！」

「黙れですって⁉　ちょっとアンタ！　誰に口きいてんのよ‼」


それから。

王都のさらにはずれの、ボロ小屋みたいな宿に、ライアスはなんとか部屋をとった。

魔法《アイーザ》は「こんな馬小屋は嫌だ」と言って他の宿に行き、聖法《ミルス》もそれに付き従った。

「おい、俺の荷物はどこだ……？」

前の宿から放り出されたライアスの荷物。

まさか魔法《アイーザ》が持ってきているはずもなく、あのままあの場所に放置されていた。

慌てて戻るも、荷物は影も形もない。

荷物の管理責任と、宿を不当に追い出したとして、女主人に文句を言ったものの、すぐに憲《けん》兵《ぺい》を呼ばれ、慌てて逃げ出したライアスが、

「うう、くそ、くそ、なんでこんなことに……！」

路銀も荷物もほとんど失って、たった一人で、すきま風の吹くボロい部屋で、しくしくと泣き始めるのは、それからすぐのことだった。

◇◆◇◆◇◆◇◆◇◆

天衝塔《てんしょうとう》バベル。
太陽が空の頂点に登る。
塔は、太陽をわずかに隠し、大きな影を、街に落としていた。
塔の周辺に広がる街は、その名からちなんで、バベルと呼ばれている。
正式な名称じゃない。いつしか勝手にそう呼ばれるようになったのだ。
ここは王国連合も不可侵の領域。
『冒険者』たちが、自主的に街を運営している形だ。
その中心となるのが、冒険者組合《ギルド》。
塔の周りを囲むようにして、ギルドの建物がある。
俺はまず、ギルドの総合受付へ赴《おもむ》いた。

「おー、変わってないなー」

開けっ放しの大きな門扉《もんぴ》から、受付所に入る。

三年前のままだ。俺は『勇者』パーティに召集されてから三年間、ギルドに帰ってこなかったが、ここは昔と変わっていない。

食堂と酒場も兼ねた受付所は、実に賑《にぎ》わっていた。

等間隔に並べられた丸テーブルは木製で、真ん中のやつには、俺が道化師レベル99になった記念で（勝手に）付けた、◆模様の傷がある。

椅子も木製だが、テーブルと違って新品のものが多い。どいつもこいつも、すぐに壊してしまうのだ。

テーブルを抜けると右手側に掲示板《ボード》がある。

パーティメンバー募集だったり、アイテム収集や物々交換の依頼が貼られていたりする。

さらに奥には受付がある。

三年ぶりに帰ってきた俺は、顔見知りの受付嬢が座っていることを発見し、嬉しくなって、

「──久しぶりだね、アニタ。俺がいなくて寂《さび》しくなかったかい？　君と会えなかった三年間、胸が引き裂かれそうだったよ」

気がつけば、一輪のバラを差し出していた。

ぽかん、とするアニタ嬢。

やっべ、道化師《あそびにん》の変な癖《くせ》が出た。

冒険者の『職業《ジョブ》』は人間の能力値の限界を超えるが、副作用でこういった『逆流』も起こってしまうのだ。

道化師《どうけし》の場合は、気づいたら女性をナンパしてたり、戦闘中に余計なこと（一人漫才とか）をしたくなったり。そのせいでライアスによく怒られたもんだ。

で、受付嬢のアニタはまだ口をあんぐり開けている。

スベったなこりゃ。

表情は笑顔を作ったまま、俺が内心で冷や汗をかいていたら、

「ディ――ディランさんっっっっっっ!?!?!?」


アニタに、めちゃくちゃ大声で驚かれた。

俺は素《す》で笑う。

「や、久しぶり」

直後、

「ディランッッ!?」

「うっそ、マジか!?」

「えっ、えっ、あのディラン⁉　道化師の⁉」

「お前帰ってきやがったのかこんちくしょー！」

酒場にいたすべての冒険者たちが、俺を見て盛大に騒ぎだした。

「よく帰ってきたなー！」

「久しぶり、ディランさんっ！」

「おかえり！　ディラン！」

「生きてたのかよ、道化師ー！」

そして、帰還を祝福してくれる。

冒険者たちに、背中や肩をバシバシ叩かれる俺。

「いやぁ、みんな、ただいまー！」

両手をパッと広げて挨拶《あいさつ》した。

道化師の挨拶は、もちろん手品《マジック》だ。

広げた両手から、たくさんの花びらが舞い上がっていく。

「うおおぉー⁉」

「きゃぁ――すっごい！」

「さすがディランっ！　腕は鈍《なま》ってねぇな！」

「かっこいい――――‼」

かつて◆印を付けた丸テーブルの上に乗って、俺はびしっと右手を上げた。

「道化師、ディラン・アルベルティーニ！　バベルに帰ってきたぞー！」

「「イェエエエエエエエエエエエエエエエエエエエイ!!!」」

みんなしてノってくれる。

うーん、やっぱり天衡塔《ここ》は最高だぜ。

俺はここで、人生をやり直し――

「おいディラン、この子は誰だ？」

声に振り返ると、顔見知りの戦士が、背が低いくせにやたらと巨乳な少女を指さしていた。

「はわぁ、ディランさん、やっぱりしゅごい……！」

ティナが、大きな瞳《まなこ》をキラキラさせて、俺を見上げていた。

曇りのない眼差《まなざ》しだった。

尊敬の眼差しだった。

俺は「なんて説明しよう」と憂鬱《ゆううつ》になった。

04 遊び人、転職する。

「そいつは、なんていうか……」

俺が口ごもっていると、

「ティナ・パネッタです！　戦士レベル10です！　ディランさんとパーティを組ませてもらってます‼」

ティナがでかい声で自己紹介しやがった。

「「えええええええええええええええええええ⁉」」

はぁ、とテーブルの上でため息をつく俺。

周りの連中が口々に訊《き》いてくる。

「本当かよディラン！」

「だってお前、『赫灼王《かくしやくおう》』に戻るんじゃ……⁉」

言いたいことはわかる。

冒険者が古巣に帰ってきたなら、元のパーティに戻ると誰もが思うだろう。

ましてや、俺が『勇者』の前に所属していたパーティは、最強と呼ばれていたのだから。

「――『赫灼王』だ！」

「『赫灼王』が帰ってきたぞー！」

噂《うわさ》をすればだ。

テーブルに乗ったまま、入り口に目を向ける。

真っ赤な鎧《よろい》や法衣に身を包んだ四人組が、威風堂々と、歩いてきた。

『赫灼王』は、俺がこの塔にいた頃、もっとも攻略が進んでいたパーティだ。

戦士風の男が二人、魔道士風と僧侶風の女が一人ずつ。

彼らは全員、俺に気づき、リーダー格の戦士の男が近づいてきた。

名をミカエル。

なんというか、『名は体を表す』を地でいくやつだ。長い金髪で、そのうえ美形で、めちゃくちゃモテる。いけ好かない野郎である。

俺がパーティを抜けるとき、こいつとはいろいろあった。

「ディラン、帰ってきたのか」

「ミカエル……」

テーブルから降りた俺は、ミカエルの前に立った。

俺たちはお互いに右手を上げて——ハイタッチした。

「よく生きてたな、お前!!」

「お前こそ！　とっくにヒドラに喰われたと思ったぜ!!」

「「あーっはっはっは！」」

肩を組んで笑い合った。

まぁ、茶番だった。

薄ら寒くて申し訳ないが、これも道化師《どうけし》の性《さが》というやつである。

なおミカエルはマジで根っからこういう性格なので、そこは生温かい目で見守ってほしい。

俺たちのそんな茶番を見ていた周囲は、はじめ呆然《ぼうぜん》としていたが、

「『赫灼王』のミカエルが、ディランを許したぞーっ！」

「「おおおおおお…………っ！」」

やがて誰かが発した一言で、どよめきに変わった。

「すげぇ、赫剣士ミカエルと道化師ディランが談笑してる……！」

「喧嘩別れしたって噂《うわさ》は、やっぱり嘘だったんだ！」

何やら変な噂が立っていたらしいが、俺は一応、平和的に前々パーティを抜けている。

名目は『魔王を倒すため』だが——

「なんだお前、ディラン！　勇者とやらのパーティはどうなった⁉」

ミカエルがそのへんの椅子に腰を下ろして、仲間が持ってきたエールを呷《あお》りながらそんなことを尋《たず》ねてくる。

俺は一言、

「クビんなった」

「あーっはっはっは！　クビか！　お前、どうせパーティメンバーをナンパでもしたんだろ⁉」

「してねーよ、あんなクソ貴族女とクソ宗教女」

俺がぼやくと、ミカエルは肩を叩いて、

「おいおい、俺だって貴族だぜ、一応」

「あーそうかい悪かったな、貧乏貴族の五男坊さまよ」

「はっはっは！」

金髪が笑って、俺も笑った。

こいつ変わってねー。

俺たちのテーブルに続々と料理が運ばれてきて、いつの間にか宴会になっていた。

俺の隣にはちゃっかりティナが座っていて、俺とミカエルの話を、瞳をキラキラさせてうんうん頷《うなず》きながら聞いている。無垢《むく》か。

とっとと塔に登って転職したかったんだけど、こりゃ仕方ないな。

『赫灼王』は、ミカエル含めて四人。

塔に登るパーティは四人で組むのが普通だ。

ミカエルの後ろで、岩のような男が無言で立っているが、こいつはもう一人の戦士だ。

「ゴッツ、久しぶりだな」

「――(こくり)」

無口だが、悪いやつじゃない。俺は好きだ。やつも俺を好いてくれているというのが、雰囲気でわかる。うん、変わってないな。

で、正面にいる見覚えのない女僧侶が、きっと俺の空いた穴を埋めてくれたんだろう。

青い瞳の、美しい女性だ。

そう思ったときにはもう、俺の手は彼女の持つグラスに触れていた。

いや、グラスを持った、彼女の指に、触れていた。

「――失礼、あなたの瞳があまりにも美しいものだから、つい見惚《みと》れてしまった」

あ、またやっちった。

顔の表面に笑顔を貼りつけながら、心の中に棲《す》む『道化師』を罵倒《ばとう》する。いい加減にしなさいよちょっと。

次の瞬間、グラスの中身をかけられた。

二方向から。

正面には、笑顔のまま、俺が触れていたグラスをぶっかけた僧侶の女性。

ちょっと左には、憤怒《ふんぬ》の表情で、空のジョッキを俺に向けている魔道士の女。

俺は魔道士に微笑む。

「……エイミー、久しぶり」

「久しぶり、じゃない、このバ――――――――カ‼」

魔道士のエイミー。

俺がまだ道化師の修行中だった頃、体が勝手に動いてあらゆるラッキースケベをしてしまった相手だ。着替えの現場にたまたま出くわしたり、躓《つまず》いたら偶然胸にダイブしたり。

本当に申し訳ないと思う。

何度も土下座して、ミカエルの仲裁もあって、ようやく職業《ジョブ》の逆流だと納得してもらえたのだが……。

「相変わらず女癖《おんなぐせ》が悪いのね！　バカ遊び人！」

俺のせいじゃないんだが、俺のせいでもある……。うーん、いい加減に道化師を転職したいのは、こういう理由もある。

「あなたが、道化師ディランね。私はシヴァと申します。よろしく」

空のグラスを置いた僧侶の女性が微笑んだ。いきなり酒をぶっかけてくる割には笑顔がカンペキだ。こういう女は怖い。いや、女はみんな怖い。

「はは、よろしく」

苦笑しながら答えると、

「で、ディラン。お前、また塔に登るのか？」

横からミカエルが尋ねてきた。

俺は頷く。

「ああ。転職して、また一からやり直そうと思ってな」

「「転職ぅ!?」」

まだ周りにいた冒険者たちが、ガタガタと椅子を鳴らしながら、一斉に首を突っ込んできた。

注目されてちょっとテンションが上がった俺は、懐《ふところ》からトランプを取り出して、しゃーっとシャッフルしながら続きを話す。

「道化師はもう極めた。俺は今までパーティの補助役だったが、もうヤメにする」

俺は前のパーティにいた頃から、パーティ内での緩衝材《かんしょうざい》役だったし、戦闘でも補助に徹していた。

手品《マジック》は実に幅広い応用ができるが、決定打にはならない。

道化師は、補助役としては万能に近い。

でも、この職業《ジョブ》では矛盾《むじゅん》しているんだ。

だって、道化師っていうのは、どいつもこいつも、自分が一番目立ちたい生き物だから。

ショーでは主役になれるが、戦闘では脇役。それに不満を抱いていた。

レベルが99になれば。道化師を極めれば。そんな不満も感じなくなると思ってた。

けど、不満は解消できなかった。

俺は、シャッフルしていたトランプから一枚抜いた。ジャックのカード。それは王に忠誠を誓った騎士を模した絵柄だ。

ここからは、俺が主役だ。

ジャックのカードが、ぼっと燃え尽きて、別のカードが現れる。

トランプではなく、タロット。隠者のカードだ。人里離れて隠れ住む、知恵と知識と探求の賢人。つまり――


「俺は賢者になる」


「「なっ――――」」

周りの連中が息を呑む。

観客の驚きが爆発する直前、この刹那《せつな》が、パフォーマンスで一番楽しいときだ。

俺は万全の状態でそれを迎えようと胸を張り、

「「なんっ」」

「そ――――――だったんですかぁぁぁぁぁぁぁぁぁぁぁ！！？？」

ずっこけた。

隣から、冒険者どもの騒ぎを搔き消すような大絶叫が聞こえたのだ。

ティナだった。

「おい」

「ディランさん！　道化師やめるって本当ですかっ⁉」

あれ、こいつに言ってなかったっけ？

「おいディラン。その子は誰だ？」

尋ねてくるミカエルに、

「ティナ・パネッタです！　戦士レベル10です！　ディランさんとパーティを組ませてもらってます‼」

さっきと一語一句変わらない挨拶《あいさつ》を全力でかますティナ。

彼女は俺の腕をぐっと持って揺らしてくる。

「でもでも、ディランさん！　転職したら、ステータスぜんぶ下がっちゃいますよ！　いいんですか⁉」

周りの冒険者も、うんうん、と頷く。

「構わないよ」

「なんでですかっ⁉」

「道化師はもう十分だ。一から始めるなら、それくらいの覚悟がいるだろ？」

「でもでも、もったいないですよっ！」

周りの冒険者も、うんうん、と頷く。

「いいんだって。『勇者』パーティに入って、魔王を倒せなかった時点で――いや、『赫灼王』を抜けた時点で、道化師ディランは死んだのさ」

冒険者のうち、半分くらいは「それなら……」と納得した顔。

しかしティナは納得しない。

「うー、でも、もったいないです――……」

「なら、パーティ解散するか？　もともとよくわからない流れで組んだし……」

「それはしませんっ‼」

ティナが絶叫した。

「私はあのとき、運命を感じたんです！　ディランさんがレベル1のショボショボ賢者になっても、私が守ってあげます‼」

そうして、大きな胸を張って、叩いた。

「おおー！」

「いいぞ、嬢ちゃーん！」

「遊び人もいよいよ年貢《ねんぐ》の納め時か……」

「なんかその、女関係で遊んでるふうに言うのやめてもらえませんかね。俺、そっちでは全然なんですけど？　ちょー真面目《まじめ》なんですけど？　紳士の中の紳士なんですけど？」

「あんな子供に手ぇ出して……ディランのバカ……」

エイミーまで怒ってるし。こいついつも怒ってるな。変わってねー。ていうかな、ミカエルはお前のこと好きなんだぞ。いい加減に気づいてやれ。

そもそもだ。

「俺はお前に守ってもらうつもりはない」

ティナにはっきりそう告げた。だが、

「遠慮しないでください！　私はこれでも盾護《タンク》のギフトがありますから！　どんな攻撃だって防いじゃいますよ‼　……三階層までなら」

最後にちょろっと付け足すんじゃないよ。正直か。

やれやれ、とため息をつくと、ぽんと肩に手を置かれた。

振り向いた俺の視界に入る、ミカエルの全力の笑顔。

「責任取れよ」

どういう意味だ。

◇◆◇◆◇◆◇◆◇◆

天衝塔《てんしょうとう》バベル。

第一階層。

塔の中はひたすらに広い。

床も壁も天井も真っ白で、どこまでも続いている。

空間が捻《ね》じ曲がってるのかなんなのか、外周から計算した塔の底面積より遥《はる》かに広い。ありえない。塔を囲む街よりも遥かに広い。たぶん、国一つくらいなら入ると思う。

さすが神代《しんだい》に創られたバベルである。そういうものなんだと納得してほしい。

で、一階である。

ここにはモンスターは出現しない。

その代わりというわけではないが、重要な施設がある。

職業《ジョブ》の託宣《たくせん》所だ。

冒険者は、ここで自《みずか》らの職業《ジョブ》と才能《ギフト》を託宣される。

自分の意志とは無関係に、神によって選ばれるのだ。

一度、職業《ジョブ》を得た者は、レベルが20になるまで転職はできない。

職業《ジョブ》は、基本的に六種類。

・戦士
・武道家
・魔道士
・僧侶
・シーフ
・道化師

この六つだ。


転職するにしても、この六つのうち、どれかを選ぶことになる。

通常は、だ。

「えっと……『道化師は、レベル99になると、隠された職業《ジョブ》——【賢者】に転職できる』。わあ、本当に書いてある！　すごいですね！」

ティナが、俺の渡した紙切れを読んで、ぴょんぴょん跳ねた。

軽装鎧から零《こぼ》れ出る、低身長に似合わないほど成長した爆乳がたっぷんたっぷん揺れて、すごいことになってるのはお前の方だが、見なかったふりをしておこう。

「噂では聞いてたけどな。まさか本当にあるなんて思わなかったぜ。ま、もっとも、本当になれるとは限らないけどな」

「えー、きっと大丈夫ですよー！　だって、私、ステータスの幸運値、高いですから！」

と言って、ティナが冒険者証《ライセンス》を見せてきた。

――

ティナ・パネッタ

戦士　Ｌｖ10

筋力　Ｅ

耐久　Ｅ＋

敏捷《びんしょう》　Ｇ

魔力　Ｆ

幸運　ＥＸ

才能《ギフト》　盾護《タンク》

EX↓S↓A↓B↓C↓D↓E↓F↓Gの順である。

お前のステータスを言われても関係ないと思うんだが……。

ていうか幸運EXって本当に高いな⁉

「……いや、あんまり他人に見せるんじゃないよ、ステータス。危ないだろうが」

「ディランさんだからですよー！　私、ディランさんにならなら何を見られたって平気ですから‼」

たぷん、と胸が揺れたのは見なかったふりをする。

そんなことを話しながら、託宣所へ。

街にある教会を想像してもらえればいい。それに近い。

中にいるのは神父ではなく、女神様なんだけど。

室内を進み、誰もいない講壇の前に到着すると、虚空《こくう》から光とともに女性が現れた。

「いらっしゃい、我が子たち」

微笑まれる。

ちょー美しい。めちゃくちゃ神々《こうごう》しい。

それもそのはず、この方はガチ女神である。

さすがの道化師も、この女神様は口説《くど》こうと思わないらしい。職業《ジョブ》の逆流もなく、俺は女神様の前に跪《ひざまず》いた。ティナは後ろで直立不動して待機。

「あなたが訪れた理由は、すでに知っています」

「はい」

「よく、ここまで頑張りましたね、道化師ディラン・アルベルティーニ」

「――ありがとうございます」

「あなたに、新たな力を授けましょう」

俺の体が光に包まれる。

体中の細胞が書き換《か》わるような感覚。

体の中から肉体が作り変えられるような感覚。

苦痛にも快楽にも似た、そんな感覚が数時間ほど続いた後、目を開けた。

感じたのは数時間だが、実際は一瞬だ。

眼の前には、女神様の美しい姿。

目がくらむほどの美貌《びぼう》でもって――あれ？　なんでそんなに驚いているんです？

「あ、あなた――！　すごい、すごいわ。あなたのような子は数百年ぶりです。ああ、なんて、神に愛された子なのかしら」

「え？　え？」

「それとも、一緒にいたあの子が、幸運の持ち主だったのかもしれませんね」

「は？　へ？」

「百聞は一見にしかず。さぁ、目を閉じて、あなたの新しい力を御覧なさい」

ステータスを見ろってことだ。

俺は言われた通りに目を瞑《つぶ》り、ステータスの表示を念じた。

転職してレベル1からのスタートだから、たとえ賢者であっても相当弱いはず、それこそさっき見たティナのより遥かに低いはず――。


「――うそおおおおおおおっ⁉」


思わず声を上げていた。

「お行きなさい、わが子よ。あなたの物語に、祝福がありますように」

微笑みとともに、光の中へ消え去る女神様。

それから俺は、託宣所を出て、ギルドで冒険者証《ライセンス》を発行してもらい、確かに間違いがないことを確認する。

俺とティナは、一階層の隅っこで、誰にも見られないようにコソコソと、冒険者証《ライセンス》を覗《のぞ》いた。

――

ディラン・アルベルティーニ

大賢者　Lv1
筋力　S
耐久　S＋
敏捷　S
魔力　EX
幸運　E
才能《ギフト》　表現力《パフォーマンス》
――

ティナが白目を剝《む》いて倒れたのを、慌《あわ》てて支える。

彼女は首を振って復活すると、

「すっっっっっっっっっごおおおおおおおおおおおおおおおおい‼」

そう叫んで、俺に抱きついてきた。

お腹にふっくらとした柔らかい感触が。

しかしすぐにティナは離れて、

「ステータス、めちゃくちゃ高いじゃないですか‼　これ、ほとんどそのままなんじゃないですか⁉」

「あ、ああ、そうだな。俺も訳がわからない」

「ていうかっ！　なんですかこの【大賢者】って‼　聞いたことないです‼」

「あ、ああ、そうだな。俺も訳がわからない」

「ていうかっ！　他はSとかEXなのに、幸運だけEって！　Eって！」

「あ、ああ、そうだな。俺も訳がわからな――そこはほっとけ！　あとデカイ声で言うなっ！」

なにせあの勇者パーティに選ばれてしまった運の悪さだ。まぁ仕方ないよネ。

「でも大丈夫ですよ、ディランさんっ！」

びしっ、とちっこい戦士が、冒険者証《ライセンス》を俺の顔の前に出した。

「私っ、幸運値だけは高いんですっ‼」

満面の笑みだった。

不覚にも、ちょっと可愛いなコイツ、って思ってしまった。

05　遊び人、サービスしすぎる。

「でやあ――っ！」
ティナの気合いの入った叫び声が響く。
彼女の振るった長剣が、ゴブリンを真っ二つにした。
天衝塔《てんしょうとう》バベル。
俺たちは、一階層から階段を上り、塔の第二階層へやってきていた。
簡単な迷路になっている二階層。
ここからはモンスターが出現する。
俺はティナの後ろで、彼女の戦いぶりを見ていた。
一緒にパーティを組むということで、ティナの実力を見ておきたかったのだ。
ゴブリンが三匹ほど、彼女と対峙《たいじ》している。
ティナは戦士だ。
自分で言っていた通り、役割としては壁役《タンク》が得意なようだ。ギフトもそうだったしな。

小さくて身のこなしも軽い。だからすばしっこそうに見えたが、足はあんまり速くないようだ。本人は「胸が………」と暗い顔をしていた。大きいと大変なんだね……。

ティナの装備は軽装鎧《よろい》だ。

胴体は、鎖帷子《くさりかたびら》の上に、腹部と、腰回りにだけ鎧を着けている。

腕はガントレットと、肩当て。

足は太ももが微妙に隠れる足鎧。

戦士にしては、ツギハギだ。壁役《タンク》をやる冒険者は、全身鎧が多い。職業《ジョブ》の恩恵で、鎧の重さはほとんど感じないからだ。

ティナの武器は、右手に持った長剣。

そして、左手の大きな盾《たて》だ。丸形と、逆三角形の盾を、重ねたような形をしている。

ティナは身体が小さいから、身を屈《かが》めれば、盾にすっぽりと隠れる。

いまも、ゴブリンの手斧《ておの》を大盾で防いだ。

「てい！」

そして大盾を翻《ひるがえ》して、長剣で突く。剣の切っ先がゴブリンの喉《のど》を貫《つらぬ》いて、絶命させた。

「ガアアッ！」

「グルウウウッ！」

残るゴブリン二匹が、同時にティナに襲いかかる。

「だあ！」

ティナは左側のゴブリンBを、大盾で思い切りぶん殴《なぐ》った。

女の子とはいえ、戦士レベル10の筋力は侮《あなど》れない。いや、『冒険者』になって職業《ジョブ》を得た以上、性別による筋力差はほぼない。

――めきょお！

大岩が当たったような衝撃で、ナイフを持ったゴブリンBはあっさりと弾《はじ》き飛ばされる。

一方、走り込んできた右側のゴブリンAが、棍棒《こんぼう》を振り下ろした。

ティナはそれを後方へ跳んで回避。それから大盾を器用に使って後ろでんぐり返しをした。

やはり身のこなしは軽い。

そうして姿勢を整えると、屈んでいた状態から一気に前へ跳び、シールドタックルを仕掛ける。

繰り返すが、戦士レベル10の筋力は馬鹿にできない。そんな彼女の突進をまともに食らうのは、馬車に撥《は》ねられるのと同じようなものだ。

ゴブリンAは狼狽《うろた》える。彼の視線からは、大きな盾しか見えないだろう。盾に隠れたティナは視界に入っていないはずだ。

やけくそになったゴブリンAは、棍棒を、ティナの足元に投げた。考えての行動ではないと思うが、悪くない手だ。

ティナからは盾が邪魔になって、足元に投げられた棍棒がよく見えないだろうから。

棍棒が足に当たれば、転ばせることはできなくても、突進の勢いを弱めることはできる。そうすれば撥ね殺されることはないかもしれない。

「ふっ！」

だがティナは、投げ込まれた棍棒に合わせて盾を下ろして、それを防いだ。

やるな。まるで盾に目がついているようだ。

そのままゴブリンＡへ突進していき——

「ガアアアッ⁉」

「でぇぇぇい！」

そいつを壁まで弾き飛ばした。

硬い壁に叩きつけられたゴブリンＡは、おそらく頭と内臓に損傷を受けたのだろう。苦しそうに地面を這《は》いずり回っているところに、ティナの長剣で首を突かれ、楽にされた。

なるほど。

見事だ。

盾の扱いが抜群に上手《うま》い。

壁役《タンク》なのに軽装鎧なのが気になったが、ティナは身のこなしと大盾で敵の攻撃を捌《さば》いている。

珍しいタイプだな。

「どうですかー！　ディランさーん！　私、けっこうやれるでしょー⁉」

こちらを振り向いて、嬉しそうにはしゃぐティナ。

俺は懐《ふところ》からトランプを取り出して、

「アホ」

「ひょえっ⁉」

ティナに投げた。

俺が飛ばしたトランプは、ティナの横を通り抜けて、彼女を襲おうとしていたゴブリンBの脳天にサクッと刺さり、倒した。

「油断するんじゃない」

「うわあっ！　あっぶね‼」

倒れたゴブリンを見て、びっくりするティナ。やれやれ。

「お前がパーティ組めないの、なんとなくわかったわ」

「えー⁉　そりゃ今のは油断しましたけど、いつもはしませんよー！」

「本当か」

「本当本当本当ですっ！」

元気だけはいいんだよなぁ。

しゅお、と霧《きり》になったゴブリンは、くすんだ青色の小さな魔石を落とした。

モンスターを倒すと、魔石が残る。

魔石は売り払って資金にも替えられるし、アイテムや装備に使えたりもする。

良質な魔石はきらきらと輝いている。

モンスターの強さによって、青→黄→赤と魔石の色が変化していく。

赤く輝く巨大な魔石が、最も価値があるってわけだ。

いま手に入れたのは、その真逆《まぎやく》のものだな。小さくてくすんだ青色だ。ま、ゴブリンだからな。

手に入れた魔石をバッグに入れた。攻略中に入手した魔石やアイテムは、あとで分配する。

「だいたいわかったよ、ティナ」

「おわかりいただけただろうか！」

「なんで偉そうなんだよ。うん。まぁレベル10って感じ。壁役《タンク》としては珍しいな。あの身のこなしは」

「そーなんですよ！　私、いろいろと試してみたんですけど、この戦い方が一番合ってるかなーって！」

「でもさ、壁役《タンク》が、ひらひら動いたり、下がったりしたら、他の仲間が困るんじゃないか？」

「そーなんですよ……。それでいっつも……」

ティナがしょぼん、とした。

「わかってるなら、なんで？」

彼女は、腕や足には防具を着けてて、けっこうがっちり守っているようには見える。

だが、全身鎧に比べれば、当然、穴がある。

「えっと……全身鎧は高価でお金が凄《すご》くかかるのと……」

冒険者はお金がかかるからね。まぁわかる。

「私の……む……身体に合う全身鎧が、なくて………」

胸元を隠しながら、ティナが俺を見た。恥ずかしそうに、顔を赤くして。

ああ……。その身長の低さで、その胸の大きさに合う鎧がないのね……。

言われて意識して見ると、いや本当にデカいな。ティナの顔より余裕で大きい。

「大変なんだね……」

「はい……」

しょぼん、としていたティナだったが、

「でも！」

と拳《こぶし》をぐっと挙げた。

「ディランさんとパーティを組めましたから！　これでお金を貯めて、私専用の全身鎧をオーダーメイドするんです‼」

「おお、頑張れ」

「頑張りますっ‼」

目標があるのはいいことだ。

さて。

「じゃ、次は俺の番だな」

「はい？」

俺の言葉に不思議そうに首を傾《かし》げるティナ。

俺は歩きながら、トランプをしゃーっとシャッフルして、一枚を選んだ。

エースのカード。

「ティナが力を見せてくれたから、次は俺の番だ」

カードを投げた。

暗がりにいて、弓でこちらを狙《ねら》っていたゴブリンの首を掻っ切ったトランプは、壁にかつんと半分ほど突き刺さる。

弓ゴブリンは首から血を吹き出して倒れ、ぴくぴく痙攣《けいれん》すると、やがて動かなくなった。

「へ、へ？」

呆気《あっけ》にとられるティナに、

「第二階層でも、こういう不意打ちはある。気をつけろよ」

「わ――！　凄いっ！　どうしてわかったんですかっ⁉」

「んー、気配？　カン？　第六感とか？」

「意外と適当だっ！」

「もともと、道化師《どうけし》っつー表現者だからな。客の視線には敏感になる」

「カッコイイ――――！」

そう言われるのも悪くない。その気になる。

俺はその場でクルッとターンして、光の花を咲き乱れさせた。

「きゃ――――――！」

そのままティナの手を取って、軽くステップを踏んでやる。

それだけで、俺たちの周りに幻想の花畑が生まれる。

桜色の花びらが舞い散るなかで、俺たちはしばし舞踏《ダンス》を楽しんだ。

ティナの身体が淡い光に包まれる。

「わっわっ！　身体が軽いっ⁉　疲れが取れていきます⁉」

「舞踏《ダンス》の効果だ」

「花畑きれーですー‼」

「モンスターも普通に乱入してくるけどな」

ちょっとのつもりが、まるまる一曲くらい踊ってしまった。

身体をくっつけたティナが、俺のことを熱っぽい眼差《まなざ》しで見つめてくる。

美少女（と言ってやらんでもない）容姿のティナと、超至近距離で向き合った俺は――ちょっと照れた。

「ディランさん……」

身体を離して背中を向ける俺。転職しても未《いま》だに被《かぶ》ってるシルクハットで顔を隠す。

「………サービスしすぎた」

「ちょ――――カッコイイですぅうううううううう！」

「ありがとよ」

「でもディランさん、転職しても手品《マジック》使えるんですね！」

「そりゃそうだ。前の技も使えるから、転職する価値があるんだから」

言いながら、俺は弓ゴブリンの魔石を拾った。

「なるほどー！」

「揚《あ》げ鶏《どり》ひとつゲット」

「あ、ディランさん、揚げ鶏好きなんですね？　私もですぅ！　あーでもでも！　焼き鳥もいいかなぁ！　エールと一緒にこうクイッと！」

「オヤジかお前は」

ツッコミをして、笑う。

ヘンテコちび戦士とのパーティも、まぁまぁ面白くなりそうだった。

06 遊び人、苦い記憶を思い出す。

天衝塔《てんしょうとう》バベル。

俺たちは相変わらず、二階をうろうろしていた。

「そろそろ三階への階段があってもいい頃なんだが……」

「見つかりませんねー」

実はこの塔、入るたびに中の形が変わるのだ。

面倒くさいことこの上ないが、逆に楽しくもある。

その塔の中を、俺とティナは、並んで歩いている。

本来なら壁役《タンク》のティナが前を歩くはずだ。

だが、二階くらいなら隊列を組むこともないし、ステータスも俺の方が高いから、この状態だ。

そのうち、ティナには前を歩いてもらおう。

もっとも、こいつといつまでパーティを組んでいるかはわからないが。

隣にいる少女をちらりと見ると、偶然にも目が合って、微笑まれた。

「にっこり！」

「口に出すやつがあるか」

ティナの視線と興味は、俺の着ている装備に移った。

「ていうかディランさん、そのタキシード、着替えないんですかー？　せっかく賢者になったのにー」

「これ、めちゃくちゃ防御力が高いんだよ。お前の鎧《よろい》よりもずっと」

「えぇっ⁉　そんなペラッペラなのに⁉」

「触ってみるか？」

「いや……普通ですけど……？」

「じゃあ、試しに剣で突いてみろ」

「ふぁっ⁉　いや、そんなことしたらディランさんが！」

「平気だって。やってみ？」

「わ、わかりました」

長剣を抜くティナ。

「失礼しまーす」

つんつん、俺の服をつついてくる。

「いやそれじゃわかんねーだろ……。もっとこう、グサっとこい」

「大丈夫なんですか！　ほんとに⁉」

「大丈夫だって。仮に怪我《けが》してもポーションあるし、こっからなら一階の診療所も近いし」

「うーん、そこまで言うなら……えい！」

けっこう勢いよく、ティナが俺を突いた。たぶんゴブリンくらいなら殺せたと思う。

だが、俺は無傷だ。

「うそおっ⁉」

「な？　刺さらないだろ？」

ティナが俺のシャツを勝手にめくって、まじまじと見た。

「ほんとだ――――――っ‼」

「防刃《ぼうじん》素材ってのもあるけど、いちばんデカい理由は『神の加護』ってやつだな」

「神様すごーい！」

「七十八階くらいの宝箱に入っていた気がする」

「七十八階！！？？　凄《すご》いですっ！　神様もすごいけど、ディランさんもすごー――――――い‼」

興奮したティナが、俺のシャツの裾《すそ》を持ったままぶんぶん腕を振る。寒いわ。

「わかったらもう離せ。お腹《なか》が冷えるでしょーが」

「あ……」

ティナが、俺のシャツを持っていることに「いま気づきました」みたいな顔をした。

そうして、俺のむき出しになった腹筋をまじまじと見つめる。

「…………」

彼女は顔を真っ赤にして、無言でシャツを離すと、下を向いて両手の指をくるくる回し、もじもじしながら謝った。

「ご、ごめんなさい……」

「い、いや、いいけど」

「…………（くねくね）」

くねくねすんなや。

そこまで照れられると、こっちまで恥ずかしくなってくるな……。道化師《どうけし》としては、裸くらい見られたところでなんともないんだが……。

ティナの反応が初々《ういうい》しすぎて逆にやり辛《づら》い……。

「行くぞ」

「ひゃっ、ひゃいっ！」

声がうわずってるぞ。純情か。

まったく。俺はため息をつく。

赫灼王《かくしゃくおう》の前に入っていたパーティで、同じメンバーの女の子たちから三人同時に——つまりメンバー全員から——告白されたことを思い出してしまった。

結局あれで、パーティを解散せざるを得なくなったのだ。嫌な事件だったな。

パーティクラッシャーだの、遊び人だの、不名誉なあだ名がつけられたのはそのあたりからだ。

あの子たちも、なんだか似たような初々しさがあったなぁ。

隣のティナはまだ顔を赤くしている。

「……なぁ、大丈夫か？」

「ええ!?　な、なんのことですかぁ!?」

「そこでしらばっくれんのかよ」

「しらばっくれてませんけどぉ!?　おおおお男の人のお腹を見たくらいで動揺なんてしてないですけどぉぉ!?」

めっちゃしてる。めっちゃしてる。

「あのなぁ、冒険者の中には、際《きわ》どい格好してるやつだって大勢いるだろうが。いちいち照れてたらキリがないぞ」

「そ、それはそうですけど……！　ほ、他の人なら気にならないん——」

「あ、ゴブリン」

「おらぁ!!」

ティナが喋《しゃべ》ってる途中でゴブリンと鉢合《はちあ》わせした。ティナは話の腰を折られたことに腹を立てたのか、必要以上に気合いを入れてゴブリンを叩きのめした。

「ゴギャア!?」

「他の人なら気にならないんですけど、その、だって、ディランさ――」

大盾《おおだて》で、壁とゴブリンをサンドイッチにしてすり潰《つぶ》している……。ええ……どうしたの……。

「あ、またゴブリン」

「くらぁ!!」

「グギャア!?」

大盾の先端（ちょっと尖《とが》ってる）でゴブリンの首をぐきゃっと刺し潰すティナ。

ええ……本当にどうしたの……？

俺が心中で心配していると、

「ふぅ……ちょっと昂《たか》ぶっちゃいました……。恥ずかしいからって、ゴブリンに八つ当たりするなんて私もまだまだ未熟です……」

いけないいけない、と胸に手を当てて深呼吸するティナ。

すぅー、はぁー、という呼吸とともに、顔より巨大な爆乳が上下するのは見ないふりだ。柔らかそう。

固いのが売りの盾役《タンク》なのに、柔らかいとはこれいかに。

ティナは俺を見て、にっこりと笑う。

「スッキリしました！」

「そ、そうかい」

その長剣いらねぇんじゃねぇかな？　とは、言えなかった。

◇◆◇◆◇◆◇◆◇◆

楽しいなぁ！

嬉しいなぁ！

幸せだなぁ！

と、うきうきしながら私《ティナ》は歩く！

王都の隣街で、ディランさんのパフォーマンスを見たとき、私の身体に電撃が走ったのだ！

一目惚《ひとめぼ》れだ！　運命だ！　間違いない！　と私の中の細胞が大はしゃぎした！

その後、運が良い私としては珍しいことに、変な人たちに捕まって変な薬を嗅《か》がされて身体が麻痺《まひ》して大ピンチだったけど、なんのことはない、ディランさんに助けられるためだったのだ！　たぶん‼

いま隣には、ディランさんがいる！　一緒に塔を攻略している！

すごい！

ああ、いつまでもこの時間が続くといいなぁ……！

そんなことを考えながら、私は歩き、隣のディランさんも歩き、歩き続けて――

「おかしい……」

「おかしいですね！」

いつまで経《た》っても二階への階段が見つからない！

それどころか、一階へ戻る階段すらなくなっている！

変だね！

でも幸せ！

「いくらなんでもおかしい……」

「どうしたんでしょうねー！」

「なんでお前そんなに楽しそうなんだよ」

「あははー！　そう見えますかー!?　気のせいですよー！」

一時間後。

私たちはまだ二階にいた。

「いくらなんでもおかしいぞ！」

「おかしいですね……」

ひょっとして——と思って、「いつまでもこの時間が続くといいなぁ」って考えるのをやめてみた。

眼の前に階段が出てきた。

「…………」

「…………」

まさか、ね。

幸運値ＥＸとはいえ、まさか、ね。

天衝塔バベル、恐るべし！

07　遊び人、魔法を使って瞬殺する。

少し昔の話。

〝喰らいなさい、私の最強魔法――火炎球《ファイアーボール》！〟

どーん！

勇者パーティの魔道士――『魔法の勇者』ことアイーザの最強魔法は、火炎球《ファイアーボール》だった。

ゾンビとリビングアーマーの集団に囲まれた際、アイーザが連発して窮地《きゅうち》を脱したことがあった。

レベルに見合わず、調子に乗って連発したものだから、そのあと気絶したけれど。

もちろん気絶したアイーザを背負ったのは俺で、「平民が私に触れるなんて！」と目が覚めたあと激怒したアイーザにビンタされた。不条理。

アイーザは火炎球《ファイアーボール》のことを「最強魔法」だと言っていたが、赫灼王《かくしゃくおう》のパーティにいた俺は、火炎系ならその上にもう一つ魔法があるのを知っている。

アイーザ本人も知ってたんじゃねぇかな？　プライド高くて、修得できなかったことを認めたくなかったんだろうな。

俺がそんなことを思い出していると——

「ディランさん？　ひょっとして、昔の女のことを考えてます？」

ティナがひょこっと顔を出してきた。

第二階層から階段を上ってすぐ。

俺たちは第三階層に来ていた。

「……昔の女ってなんだよ」

いや、昔（同じパーティだった）の女って意味ならその通りなのだけど、なんだこのカンの良さは。

「今の女に目を向けてくださいね！　今の女に！」

ふふーん、と背が小さいくせに大きな胸を張るティナ。

「……今の女ってなんだよ」

俺がジト目で突っ込むと、ティナは顔を赤くして、両手をぱたぱた振る。

「あっ！　べべべ別に、私そういう意味で言ったんじゃないですからね⁉　今同じパーティの女って意味ですからね⁉」

「おう。わかっとるわ」

「あ……そうですか……」

俺がさも当然とばかりに返事をすると、がっくりと肩を落とすティナ。

はぁ、やれやれ。

俺はティナの頭をぐりぐりと撫《な》でる。

「ディ、ディランさんっ⁉」

「わかってるから、頼むぜ、今の女さん」

「〰〰っ！　はいっ！　頑張ります‼」

あっという間に笑顔になった。扱いやすいな。

「えへへー、頭、撫でられちゃいましたー」

うきうきしながら先を歩いていくティナ。

まぁ壁役《タンク》だから別にいいんだけど……あ。

「おい、そこの部屋は――」

「頼もー！」

陽気な声で、小部屋の扉を開けるティナ。

ダンジョンで扉を開けるときは罠《わな》に気をつけるだとか、開けた先の不意打ちに注意するだとか、そういう基本的なことが一切合切《いっさいがっさい》すぽーんと抜け切ったちび戦士は、

「みぎゃ――――――――っ‼」

入った先で絶叫した。

「あの馬鹿！」

慌《あわ》てて後に入るとそこは、

「「きしゃあああああああああ‼」」

スライムやらゴブリンやらブラッドウルフやら、大量のモンスターが大集合していた。

半泣きでティナが抱きついてくる。

「モモモモモンスターハウスですよディランさんっ！」

「落ち着け馬鹿戦士」

扉は閉まって中からは開かない。

ま、当然だよネ。

モンスターどもは獲物《えもの》が罠にかかってご満悦《まんえつ》のようだ。げひひひ笑いながら、じわじわと距離を縮めてくる。

「ヒィイ……！　ディランさんどうしましょうディランさんっ！　私たちここで、死——ぬならその前にディランさんに言っておかなきゃいけないことががが‼」

「だから落ち着けティナ」

ため息をつきながら、俺は彼女の頭に手を置いた。

けっこう強めに。

叩いたとも言う。

「あいたっ！」

「迂闊《うかつ》な真似をしてパーティを危険に晒《さら》した責任は後でたっぷり取ってもらうが、いまはここを切り抜けよう」

「はいぃぃごめんなさいぃぃぃぃ！」

泣きながら謝る戦士に、俺は確認する。

「で、壁役《タンク》よ。自分の身は自分で守れるな？」

「ひょえっ？」

「お前はとにかく、守って守って逃げ続けてろ。それで助かる。わかったか？」

「はい、はい！」

コクコクと頷《うなず》くティナ。よし、素直だ。

「じゃ、また後でな」

「ほえぇぇ!?」

ばさばささ！

ティナの悲鳴を聞きながら、俺はトランプを放り上げた。

カードがすべて落ちる頃には、俺の姿はすでにない。

「ディ、ディランさんっ⁉　どこ行っちゃったんですかぁ⁉」

俺の姿を探すティナ。モンスターはティナに襲いかかろうとして、
ぱっ。

その直前に、部屋の明かりがすべて消え、真っ暗になった。

「ガアア⁉」

「グルウウ？」

モンスターたちが標的の姿を見失ったのは一瞬だ。なぜならその直後には、

「イッツ・ショータイム！」


スポットライトを浴びた俺が、モンスターハウスのど真ん中にあったテーブルの上に出現したからだ。

「ガアアアア！」

「グルウウウ！」

「ディランさんっ⁉」

驚きの声を上げるモンスターたち＆ティナ。

彼らに向けて、俺は叫ぶ。

「はっはー！　こうも観客が多いと嬉しいぜ！　人外《じんがい》ばっかりなのが少し気に入らないが贅沢《ぜいたく》は言わない！　さぁ皆さん、ご注目あれ。今宵《こよい》の主役はこの俺、大賢者ディラン・アルベルティーニだ！」

懐《ふところ》から小さな球を取り出して、指で頭上に飛ばす。

球は弾《はじ》け——小さな光を無数に発射する光球体となった。

『ミラージュボール』と呼ばれる、道化師《どうけし》の技を爆発的に強化するアイテムの、簡易版だ。

真っ暗な部屋に、魔法の光が幾筋も降り注いだ。

「ガアアアアアアア⁉」

「グルウウウウウウ⁉」

「ディランさんっっっ？！？」

盛り上がる（？）観客たち。

「さぁ始めよう——レッツ舞踏《ダンス》！」

俺がその場でクルリと一回転《ワンターン》しただけで、俺の周りには光の帯が生み出される。

その帯は、ミラージュボールの光を受けて部屋全体に波及し、モンスターの視覚に情報として入り込み、精神に侵入する。

目から俺の光を取り込んだモンスターたちは、たちどころに幻惑《げんわく》状態に陥《おちい》った。

つまり、俺のダンスの虜《とりこ》になったってことだ。

回転《ターン》ひとつで観客を虜にした俺は、ダンスのレベルをさらに上げていく。

「音楽がなくっちゃ始まらないよな！　——それ！」

俺のダンスに合わせて、光の帯が形を変える。やがてそれらは、異界から音楽好きの精霊たちを喚《よ》び出した。

精霊界からやってきた彼らはみな、盛装だ。

タキシードを着たイフリートに、ドレスアップしたウンディーネ。

種族は違えど、共通点はある。

みな、楽器を携《たずさ》えているのだ。

精霊たちのコンサートが始まる。

「ミュージックスタート！」

道化師レベル99の舞踏《ダンス》は、人間やモンスターだけでなく、精霊たちをも虜にする。

魔法を使う際に、力を貸してくれることもある精霊たちは、人間の音楽や芸術が大好物だ。

魔法の詠唱《えいしょう》だって、彼らにとっては歌のひとつに過ぎない。

僧侶がありがたいお経を唱えたり、部族の雨乞《あまご》いの祈禱《きとう》などで、歌を唄うのと似ている。

俺の才能《ギフト》——表現力《パフォーマンス》は、彼ら精霊に向けてのパフォーマンスでもあるのだ。

精霊たちを魅了すれば、彼らは力を貸してくれる。

俺のダンスを見に来た精霊たちが、俺のために音楽を奏《かな》でだした。

上位存在が奏でる至高の音楽だ。

「ヒャッホ――――――ウ！」

戦場で主役になった俺は、想いのままに踊りだした。

モンスターハウスで魅せる、一夜限りのショーである。

「すご――――――‼」

ティナが扉の前で絶叫した。

周囲にいるモンスターたちは、俺を引きずり下ろすでもなく、ティナを食べるでもなく――

「ガウガウ♪」

「ゴブゴブ♪」

ノリノリで踊っていた。

低階層にいる低級モンスターたちだ。魔力耐性も低い。あっさりと幻惑にかかった。今はもう完全催眠状態にまで落ちていることだろう。

「あはは！　らんたった、らんたった♪」

ティナまで楽しそうに踊ってる。っておい、お前まで幻惑されてどうすんだよ……。あ、魔力ステ、Ｆだったな、お前……。

心の中でため息をつき、気持ちを切り替えると、俺はショーの締めに入る。

大変心苦しいが、ショーに来てくれたお客さんからお代をちょうだいするのだ。

命でね。

念願の主役になったはいいが、それもここまでだ。道化師の舞踏《ダンス》は決定打にならない。

俺にもう少し歌唱の才能があれば話が違ったんだが――。

出来るのは、せいぜい疲れてぶっ倒れるまで踊り続けさせるか、幻惑状態のまま一匹ずつ殺していくか、仲間に任《まか》せるか、モンスター同士で殺し合わせるか。

だから、最後の最後で、主役から降ろされるのだ。クライマックス、フィナーレを決めるのは俺じゃない。ハイライトに俺の出番はない。それが悔しかった。

――これまでは。

「ディランさんっ！　転職した力、見せてくださ――――いっ‼　きゃははっ♪」

俺のやろうとしたことを察したのか、はたまた偶然か、ティナが踊りながらそう叫んだ。

そうとも。俺は転職したのだ。

大賢者に。

まだレベル1だが、覚えている魔法はすでにある。

俺は人差し指を、ミラージュボールに向けて、唱えた。

「――小火灯《ファイアーライト》」

それは小さな火の魔法。

かつてアイーザが使ったものとは比べ物にならない、初歩的な魔法だ。

だがそれでも、ミラージュボールを使えば、部屋全体に行き渡るはず。魔力はたくさんあるうえ、消費ＭＰは少ないから、なんなら連射してもいい。

なにせ初歩魔法だ。

そのはずだった。


俺の指から飛び出たのは、人間を丸ごと呑み込めそうな火の玉だった。


ミラージュボールに吸い込まれた火の玉は、部屋中に一気に拡散する。

パリピと化したモンスターたちが、ノリノリのまま光に包まれていく。

俺の脳裏に「あ、死んだかも」と浮かぶ。無意識に舞踏《ダンス》の魔法防御を全開にする。

それが良かったんだと思う。

——ごあああああああああああああああああああああっ‼

モンスターハウスが、紅蓮《ぐれん》の炎に包まれた。第三階層レベルの戦闘ではありえない、あまりにも過剰《かじょう》な熱量が放出され、閉まっているはずの扉四つが「ばごー————ん！」と弾《はじ》けて炎を吹き出した。

死ぬかと思った。

自分の魔法で死んだレベル１賢者とかマヌケすぎるからやめてほしい。ちょっとオイシイとか思っちゃうあたり、まだ道化師魂が抜けてなくてうんざりする。

気がつけば、モンスターハウスは真っ黒焦《こ》げになっていた。

ゴブリンなのかスライムなのかブラッドウルフなのか椅子なのかテーブルなのかわからないほどの消し炭になっていた。ところどころ、ゴブリンっぽい影があるのがちょっと怖い。

「あ、ティナ！」

あいつのこと忘れてた。やばい！

慌《あわ》てて、入ってきた扉（そんなもんすでに吹き飛んでるけど）の方を見ると、

「ぽかーん」

と立ち尽くしたティナがいた。良かった。無事だったようだ。鎧《よろい》も盾《たて》もそのままだ。

「おい、大丈夫かティナ⁉」

ティナは呆然と虚空《こくう》を見つめたまま動かない。え、大丈夫……？

「あ、ディランさん」

「平気か？　怪我はないか？」

ティナは俺を見ると、やがて焦点《しょうてん》が合ってきて、ぶるぶる震えだして、ぐーっと身体を縮ませて、

「めっっっっっっっっっっっっっっっっっっっっ！」

「めっ⁉」

「っっちゃ、綺麗でした────────‼」

　は？

「ディランさんのダンスで光の帯がぱぁーっと私を包んでくれて、それから火炎球《ファイアーボール》が弾けて、そこからめちゃくちゃ綺麗だったんです！」

　へ？

「青と白と、赤とオレンジと、もうそれからいろんな色がばぁあああああって私の前から後ろに流れていって、もう凄《すご》かったです！　虹のなかにいるみたいでしたっ！　いえ違います、そうです、あれは！」

　ばっ、と両手を広げたティナが叫ぶ。

「──虹の川でしたっ‼」

　俺は、笑ってしまった。

「…………はは、そっか」

「すっごく綺麗でした！　ディランさんも見ました？　見ましたよねっ⁉　凄かったですよね‼」

「あー、そう、かな？」

　正直、そんなもんを見ている心の余裕はなかったけど。

「ディランさんって、本当に凄いんですね‼　あのダンスも凄かったし、レベル1なのにもう火炎球《ファイアーボール》を使えるなんて‼」

「いや、それは違う」

「何がですか？」

「あれは火炎球《ファイアーボール》じゃなくて、ライトだ」

「へ？？」

「小火灯《ファイアーライト》」

「それって、一番弱いやつじゃ？」

「それそれ」

きょとん、となるティナ。

それからまたぶるぶる震えだしたかと思うと、顔中で驚いた。

「すっっっっっっっっっっっっっっっっっっっっ！」

「す？」

「っっご――――――――――――い！！！！」

そうして抱きついてくる。

「凄いですディランさん！　ただの小火灯《ファイアーライト》があんな威力になっちゃうなんて‼　道化師のだけじゃなくて、賢者の才能もあったんですね‼　さすが大賢者さまですうううう――――――――‼」

抱きつきながら、ぴょんぴょん跳ねる。そのたびに、凶悪な破壊力をもったロリ爆乳が俺のお腹を上下に行ったり来たりする。やめてください死んでしまいます。

それから。

ひとしきり俺を称賛《しょうさん》したティナが、

「――また好きになっちゃった」

と小さく呟《つぶや》いてたらしいが、その時の俺は知らなかった。

08（遊び人、VIP待遇を受けながらお金を引き出す。）

三階層の一番奥の部屋に、神々《こうごう》しい輝きを放つ魔法陣があった。

転移結界だ。

あれに入って念じると、一気に一階まで戻ることができる。

「ん、じゃあ帰るか」

「帰るんですか⁉　てっきりこのまま八十階層くらいまで登るのかと‼」

「それ、俺の最高記録だよ」

苦笑する。

「今回は、お前の実力と、大賢者っていう職業《ジョブ》がどんなもんかを見るためだからな。アイテムだってほとんど持ち込んでないし」

「え、私これで全部ですけど」

「そりゃお前はそうだろうさ」

「ディランさんは違うんですか？」

「ギルドに預けてある」

結界から転移して、俺たちは第一階層に戻った。

第一階層の転移結界魔法陣は、めちゃくちゃ広い。冒険者たちがたくさん帰ってくるからな。

塔攻略の始まりでもあるこのフロアは、ギルド職員が資材を運び込んで、塔内での受付所や預かり所、その他施設を運営している。

俺が手に入れた『シンラバイブルの写本』――『道化師《どうけし》は、レベル99になると、隠された職業《ジョブ》――【賢者】に転職できる』って書いてあった紙切れ――も、この預かり所に預けておいたものだ。

預かり所では、アイテムだけでなく、お金も預かってくれる。

勇者パーティに参加する際、俺は自分の財産のほとんどを、ここに預けていた。

預かり所の、一般出入り口の前に来た。たくさんの冒険者たちが出入りをしている。

「あいよ、鋼《はがね》の槍《やり》！　あんた今度は七階層を目指すんだって？　気をつけな！」

「リュミエール硬貨で、銀十枚ですね。ではこちらにサインを……」

開け放たれた扉から、室内に満ちた活気が外にまで溢《あふ》れてくる。

だが俺は、入らずに通り過ぎた。

とてて、と俺の後ろをついてきたティナが、不思議そうに訊《き》いてきた。

「あれ、ディランさん？　預かり所、寄らないんですか？」

「俺が預けているのはそっちじゃない」

一般出入り口の奥には、立派な扉がある。しかし、特に看板はない。

ティナが首を傾《かし》げる。

「ここ、そういえば前からありましたよねー。なんの施設なんですか？」

一階層にはいろんな施設があるから、ティナが知らなくても無理はない。そもそも、全容を把握している冒険者の方が少ないだろう。

俺は答えた。

「預かり所だよ。ちょっと特殊だけどな」

「えー、ここがですか⁉」

「ほら、行くぞ」

「あ、はい！　……わー、ここ、入れるんだぁ…………」

扉を開けると、向こう側にいた係員が頭を下げた。スラックスにベストを着こなした、老齢の男性だ。

「いらっしゃいませ。――おや、ディラン様。お久しぶりでございます」

「どうも、ロッシさん。預けていた物を取りに来たんだ」

「かしこまりました。ではこちらへ」

王都の銀行にも似た、厳《おごそ》かな内装だ。

係員も客も、決して少なくないのだが、騒がしさはなく、静謐《せいひつ》である。

上品なんだよね、こっちは。

理由は――お察しの通りだ。

「ディランさん、あの、こっちって……」

雰囲気に呑まれて、亀みたいに縮こまっているティナが、ただでさえ小さいのにもっと小さくなりつつ、俺に尋《たず》ねてきた。

俺は頷《うなず》く。

「しゅっ――――」

「そ。いわゆるＶＩＰ専用」

ごーい、と小さく口の動きだけで返事をするティナ。

俺たちは係員の後に続き、カウンターへ通される。

係員の紳士が、受付の女性に一言二言、告げた。それから俺たちに一礼して、

「また、ディラン様の手品《マジック》を拝見したいですな」

「いつでもどうぞ」

右手を差し出して、なにもないところからトランプを出現させた。さらに、くるりと手を返して一輪《いちりん》の薔薇《ばら》に変える。

「――いやはや、お見事です」

薔薇を受け取った老係員は、おもむろに胸ポケットに差すと、もう一度頭を下げて、入り口へ戻っていく。

背の低いティナが、手で口を覆《おお》って、俺を見上げながらこそこそと言葉を投げてくる。

「今のやりとり、憧《あこが》れますっ！」

「別に普通だったろ」

ぶんぶん、と首を横に振るティナ。それから俺を見て、にへー、と笑った。どういう笑みだ、それは。

と、受付の女性に向き直る。

あちらは俺の準備を待っていたようで、俺が彼女を見ると、にっこりと微笑んだ。

「ディラン・アルベルティーニ様。ご返却のお手続きと伺《うかが》っております」

「ええ、そうです。バベル共通紙幣で一〇〇万と、それから『家の鍵《かぎ》』を」

隣でティナが小さく「ひゃ、ひゃくまん……！」と驚く声が聞こえた。

「――お待たせいたしました。お預かりしておりましたバベル共通紙幣一〇〇万と、お屋敷の鍵でございます」

「ありがとう」

紙幣というのは、紙のお金だ。硬貨と違って重くないしかさばらない。いまはまだバベルでしか使われていないが、そのうちどこの国も使うようになると思う。

俺は受付に手数料を支払った。ゴブリン十匹分くらいだ。

「残高を確認なさいますか？」

「そうだね」

「こちらでございます」

うん。まだたくさんある。

「ありがとう。今日は以上だ」

「ありがとうございました。またのご利用をお待ちしております。ディラン様にバベルの祝福がありますように」

立ち上がって礼をする受付の女性に会釈《えしやく》して、俺はＶＩＰ専用預かり所を後にした。

ティナが、全身で驚愕《きようがく》していた。

「ディランさんディランさんディランさんっ！　なんですか今のっ⁉　なんかこー、貴族より貴族っぽかったんですけどっ‼」

「ははは、そうか？」

「それと、さっき、お屋敷の鍵って言ってましたけど？」

塔を出ると、バベルの街並みが見える。そこのある建物を視線で示して、告げた。

「あれ」

「へ？　あれ？」

「そう、あれ」

言ってる間に到着した。

目の前にあるのは、立派な屋敷。冒険者一人が住むにはあまりにも大きな家。

久しぶりの我が家だ。

まずは——掃除、だな。

「しゅっご————————————————いっっ‼」

俺の隣で興奮して叫ぶティナを見ながら、考える。

掃除といえば、メイドだ。

メイド服、予備が何着かあったよな。ふふふ。

「ディランさん？　なにがおかしいんです？」

ティナが、不思議そうに首を傾げた。

09　遊び人、仲間を育てる。

「モンスターハウスに不用意に入ったお仕置きを、まだしていなかったな」

俺は、屋敷の広いリビングで、ソファに座りながら、ティナにそう告げた。

眼の前にはティナが立っている。いや、立たせている。

「普通のパーティなら、報酬減とかで対応する。それはわかるな？」

「う、は、はい……」

ティナが、あわあわと手を動かしながら、

「で、でもディランさん……。私、今日の報酬を失ったら、今夜寝る所が……！」

「そんなこったろうと思った。だからここは、肉体労働で補ってもらおう」

俺がため息交じりにそう返事をすると、ティナはがばりと自分の胸を手で庇《かば》った。

「ま、まさかディランさんっ！　私の身体を——っ!?　くっ、仕方ありません。ディランさんがそこまで言うなら私もやぶさかではな——」

「待て待て待てーい」

羞恥《しゅうち》に頬を染めつつ鎧《よろい》を脱ぐな。ていうか、やぶさかではないのかよ。やぶさかであれよ。

「嫁入り前の女の子がそう簡単に人前で肌を晒《さら》すんじゃありません」

「遊び人なのにマトモなこと言ってる⁉」

「あのな、俺の職業《ジョブ》は道化師《どうけし》なの。遊び人ってのは不本意かつ非認可なあだ名なの」

「そうだったんですか！」

「マジで驚いてんじゃねぇよ……ったく。肉体労働ってのは、掃除だ、掃除」

「お掃除？」

首を傾《かし》げて、きょとんとするティナ。くっ、ちょっと可愛いのがむかつく。

「おう。この屋敷に帰ってきたのは三年ぶりだからな。溜《た》まったホコリを払わなきゃならない。たまに掃除はしてもらってたんだけど、大雑把《おおざっぱ》なもんだ」

ソファに座りながら、首だけ動かして、リビングを眺め回すように見る。

黒猫が一晩で白猫になる——ってほどは汚れちゃいないが、それでも掃除は必要なレベルだ。

「で、私がお掃除役ですか。ディランさんは？」

「決まってんだろ。お前の監督だ」

ティナが、俺の手元を指差す。

「お茶を飲みながら？」

「おう」

ティナが、テーブルを指差す。

「ジェラートを食べながら？」

「まあな」

「理不尽《りふじん》ですっっ‼」

ティナが叫んだ。

しかし、忘れているようだが、これはペナルティなのだ。

「じゃあ、報酬減でいいか？」

「う……。よくありません。わかりました。お掃除します」

割とあっさりと、ティナは承諾《しょうだく》した。

「見ててください！　私こう見えて、お掃除は得意なんです！」

「へぇ、意外だ」

「五歳から十三歳まで、貴族のお屋敷で奉公していましたから！　実家が貧乏だったので、口減らし兼実家への仕送り要員でした！」

「……そうだったのか」

なんか重たい過去をさらっと明るく話されて、なんとも言えない気分になった。

そういえば、実家の父に会ってきたと言ってたっけ。

「お前も大変だったんだな……」

「はい！　でも貴族のご主人様も、奉公先の仲間も、みんないい人ばっかりでしたので！　でも十三歳になった頃くらいから、身体が成長して、ちょっと周りの目とか反応とかが変わっちゃって、居づらくなって、お暇《ひま》をもらったんです！　それで実家に戻ったんですけど、やっぱり居場所がなかったので、ここは一発当ててやろうと冒険者になるためにバベルに来ました！　苦節五年！　この間、やっとレベル10になれたんですー！」

「そっか。……終わったらジェラート一緒に食べるか」

「はいっ！」

「部屋はたくさんあるから、好きな部屋を使っていい」

「えっ、泊めてくれるんですか⁉」

「宿代だって馬鹿にならないだろ。第三階層までしか登ってないんじゃ」

「私が三階で止まってるのどうして知ってるんですか⁉」

「前に話してたじゃんか」

「うそっ！　話しました⁉　すごい、私の言ったこと、ちゃんと覚えててくれたんですね！」

「道化師だからな」

「道化師、すごいですっ！」

その、すぐ人を称賛《しょうさん》する癖《くせ》は、奉公時代に身についたものなのだろうか。

「……ディランさんはやっぱりいい人です」

俯《うつむ》いて、嬉しそうに漏《も》らすティナ。

そんな彼女に、俺はあるものを見せた。

「あ、これを着けてな」

「なんですか、これ？　紐《ひも》？」

それは『踊り子の布切れ』と呼ばれる呪い――ゲフンゲフン。魔法のアイテムだ。

形状は、布地の少ないブラと、ふんどし。

それに、メイドエプロンと頭飾りを着けただけだ。

「なっっっっっんですかこれっっっっっ！！？？」

「これ着て掃除しろ」

「こんなの紐じゃないですかっ！」

「失敬な。ちょっとは布もあるよ」

「ちょっとじゃないですかー！」

「大丈夫だって。呪――魔法で張りつくから。見えない見えない」

「のろ……って言いましたよねいま！　のろって！」

「言ったかなぁ」

「さっき『嫁入り前の女の子がそう簡単に人前で肌を晒すんじゃありません』とか偉そうに言ってたのにー!!」

「遊び人にそんなこと言われてもねぇ」

「遊び人は不本意で非認可なあだ名だって言ってたじゃないですかー‼」

「それはそれ、これはこれ」

「やっぱりいい人じゃない――――――‼」

「まぁまぁ、一応理由はあるんだよ」

どうどう、とティナを落ち着かせる。

「これを着けると、一時的に『道化師』になれる」

「道化師に？　転職するってことですか？」

「着けている間だけな」

「お掃除するのに転職する必要ってあります？」

「めちゃくちゃ作業がはかどるぞ」

「ええ……？」

胡散臭《うさんくさ》さそうなティナの目。

うん、いいね。それこそ、人が道化師に向ける目だよ。

でも作業がはかどるのは本当なんだよね。

「ティナも、身のこなしは結構軽いけど、その状態で道化師になったらもうびっくりするほど身体が動くようになるぞ、たぶん」

「でも、お掃除ですよね……？」

「この屋敷、一人で掃除したらどれくらい時間がかかると思う？」

「えっと、この規模だと…………。丸一日ですね……」

　時刻はもう夕方だ。

「あのう、お掃除、明日にしませんか？」

「ちなみに俺が本気でやれば、たぶん一時間で終わる」

「本当ですかっ⁉」

「手品《マジック》を使うしな。便利だぞー。分身して、精霊も呼んで、みんなで掃除する。踊ってる間に掃き掃除が終わり、跳んでる間に拭《ふ》き掃除が終わり、歌ってる間にぜんぶ終わってる」

「すごっっ‼」

「だから、ほら。踊り子になったと思えば恥ずかしくないだろ？」

「うぅ……まぁ、ディランさんがそこまで言うなら……。ディランさんがそこまで私の肌を見たいと言うならやぶさかでも……」

　またそれかい。

「俺としては、ティナに大きなメリットがあると思っている」

　別にティナの肌を見たいわけじゃない。

　いや本当だ。あの爆乳を拝《おが》みたいわけじゃない。マジでマジで。

「メリット……?」

やってみればわかる……。って言いたいところだけど、それじゃダメだな。

課題は、目的を持って当たらないと、実を結びにくい。

自分がいま、なんのために、どういう理屈でもって、練習をしているのか。

それを本人が意識していないと、無駄な努力になってしまう。

思考と理解が伴った努力は実を結ぶが、闇雲《やみくも》な努力はそうではない。

だから、俺は話した。

「俺はティナに、『道化師の身体の使い方』を身をもって覚えてもらうために、この布切れを着けてほしいと思ってる」

「道化師の……?」

「これは俺の持論なんだが──『武《ぶ》』と『舞《ぶ》』は似ている。体軸《たいじく》の保ち方や、移動の仕方、歩き方から立ち方まで、共通する部分は多い」

ふむふむ、とティナが頷《うなず》くのを見ながら、俺は続ける。

「ティナは回避もする壁役《タンク》だから、道化師の舞踏《ダンス》を知っておくことは必ずプラスになる。それに──」

「それに、なんです?」

「道化師への理解が深まれば、同じパーティにいる俺の動き方もよくわかるようになるはずだ」

「同じ、パーティ……」

ティナは、その言葉を呟《つぶや》いて、

「そうですね‼」

めちゃくちゃ笑顔になった。

「ディランさん、なんだか——賢者みたいですっ！」

俺は笑う。

「ま、【大賢者】さまだからな」

「ひゅー！　大賢者さまー！」

「いいから掃除な」

「はーい！　着替えてきまーす！」

ダッシュで部屋を飛び出して、隣の部屋でドッタンバッタン音がして、再びリビングにティナが顔を出した。

いや、廊下からひょこっと顔だけ出した。身体は隠している。

「うう、やっぱり恥ずかしいです…………」

「恥ずかしがるな。お前はいま道化師だろ」

「道化師……はっ！」

キュピーン、とティナのなかで、何かのスイッチが入ったような気がした。

直後、

「らんたったーたーん♪　はっ⁉　身体が勝手に！」

鼻歌まじりに、ティナが踊りながら飛び出してきた。

おっぱいも腰も太ももも丸見えだった。

ぶるんぶるん揺れていた。

たぷんたぷん跳ねていた。

さすがにちょっとやり過ぎたかも、と反省した。

ティナは顔を真っ赤にしながらも、

「こここここここんなのちっとも恥ずかしくないですから‼」

平気な素振りでそう叫んでみせた。いいぞ、負けん気がある。

「でも、あの、この上にメイド服とか着るのは、ダメなんですか？」

「ダメっていうか、着られないと思う」

クローゼットからメイド服を取り出して、ティナに渡そうとするが、彼女は手を伸ばしたままフリーズした。

「え、うそ、身体が拒否して動かない」

「無理やり俺が着せても無駄だ」

「どうなっちゃうんです？」

「服が弾《はじ》ける」

「こう、パーンッ！　って」

「パーンッ！　って!?」

「中破《ちゅうは》したみたいな」

「なんの話ですか？」

間違った。

「ともかく、それは着ている限り呪――ゲフンゲフン。魔法の効果でそれしか着られない」

「この呪い、解けるんですよね……？」

「解けるよ。呪いじゃないけど」

「かたくなだ……」

「最初は俺がリードしよう。――それ♪」

用意しておいた箒《ほうき》を持って、俺はステップを踏んだ。

踏んだ先から星が飛び出て、ぽぉん、という高い音を鳴らす。ピアノのようなそれだ。

俺は箒を操りながら、何度かステップを踏んで、音楽を奏《かな》でる。

半裸のロリ巨乳娘も、装備の効果で、俺の音楽に身体がリズムを取りだした。

「たったたーん♪　たんたたたーん♪　たんっ♪」

やがてリズムを摑《つか》むと、一緒にステップを踏みだした。それは踊りとなり、やがて道化師の技能――舞踏《ダンス》へと昇華《しょうか》される。

「あっ！　あはっ♪　すごい、すごいですっ！　私、ちゃんと踊れてるっ！」

「ああ、上手《うま》いぞ！」

「身体が軽い！　羽根になったみたい！　ああ――そうか、身体をこう動かせば、もっと無駄なく動けるんだ！」

早くも摑みかけたようだ。

「その調子だ。いいぞ、センスがある」

「はいっ！　ディランさん！」

ティナはそうして踊りだし、ステップを踏み、ターンを決めながら、箒を操り、モップで拭いて、部屋を綺麗にしていった。

ここまでくれば、あとはティナの好きなようにやらせるのがいい。

俺は溶けかけたジェラートを持って、自室に引っ込んだ。

四時間後。

屋敷中をピカピカにしたティナが、

「終わりました、ディランさんー♪　って、うわあ!?」

最後の最後で油断して、足を滑らせて転び、胸から俺にダイブした。

俺に、というか、俺の顔に。

ティナの爆乳に埋まりながら、「手品《マジック》や舞踏《ダンス》みたいに、道化師のラッキースケベ体質も、転職しても継続されるのだろうか」と思った。

顔中が柔らかかった。


翌日。

「あの、ディランさん……」

「どうした？」

「……レベルが二つも上がりました」

「おお、良かったじゃん！　やった甲斐《かい》があったな」

「ううう〜〜〜〜〜ん釈然《しゃくぜん》としないけど、ありがとうございます‼　でも、昨日のは忘れてくださいー‼」

わたわた身をよじるティナ。

わさわさ揺れる爆乳。

その約束は、ちょっとできそうにないです。

10 遊び人、元上司に泣きつかれる。

ティナは、宿賃の払いが厳しいようなので、メイドにした。

もちろん普段は、普通のメイド服だ。たまに『踊り子』にさせるけど。

「ディランさんがそこまで言うなら……やぶさかではっ……やぶさかではっ……！」

「いや、これも戦士の修行だから」

そんなある朝、屋敷の外を掃除しに行ったティナが、慌《あわ》てた様子で戻ってきた。

「ディランさんっ！」

「こらメイド。呼び方が違う」

「っっ～～～～～～!!　ごっ、ごしゅっ、ご主人様っ！」

めちゃくちゃ恥ずかしがりながら叫ぶティナ、いい。

「で、どうした？　塔が折れてたら教えてくれ」

「そんなことあるんですかー!?」

「ねぇよ」

「なんだ、びっくりしました！」

「で、どうしたよ？」

「ああそうだった！　人が、倒れてます！　行き倒れです‼」

「行き倒れぇ？」

面倒くさいことになりそうだなぁ……。

俺も屋敷の外に出ると、ボロっちい戦士風の男が、確かに倒れていた。

なんか見覚えが……。

「あっ！」

「わぁびっくりした！　頭の上でいきなり大声出さないでくださいご主人様！」

「こいつ――ライアスか……？」

倒れている男の頭の前にしゃがんでよく見てみる。

剣撃の勇者ライアスだ。間違いない。

なんでこんなところに……。てっきり支援組織に捕まっていると思ってた。あの夜、俺が王都でパフォーマンスをやった時点で、支援組織は俺の存在に気づいたはずだ。

「支援組織の連中が来る前に、宿を変えたか追い出されて、たまたま見つからずにここまで来ちまったのか……。運がいいんだか悪いんだか……」

ティナが訊《き》いてくる。

「ご友人ですか⁉」

「違う。断じて違う。元上司で、俺をパーティから追放した男だ」

「ええええええええ⁉　元上司ってことは……勇者様ぁあああああ⁉」

「〝様〟なんてつける必要ないぞ。ただのレベル35戦士だ」

「意外と低いっ⁉」

「こいつ顔が良かったからな……。それになぜか自信満々で、周りが『こいつは只者《ただもの》じゃない』って勘違いしたんだよな……。ただのバカだったんだけど……」

「え？　ディランさんの方が顔もいいですよ？」

真顔で言うな。照れるから。

「んで、最初はそれでも良かったんだけど、そのうちボロが出てきてな。そっからは酷《ひど》かった。ま、扱いやすくはあったけどな。あんな低レベルパーティでも、魔大陸で幹部との対決までこぎ着けたし」

「て、低レベルで、勇者パーティを組んだんですか⁉」

「組んだのは、王国連合の上層部だ。あいつら、魔王討伐《とうばつ》よりも、自国がどれだけ有利になるかを考えているからな。腹の底では、魔王はこのまま滅ぼさない方がいい、と考えているやつもいただろーよ」

「そんな……」

「ま、そもそも、魔王は、モンスターじゃないしな」

「え？　それってどういう――」

なんて会話を、倒れているライアスの頭の上でしていたら、

「うぅ……」

ライアスが呻《うめ》いた。残念なことに息はあるようだ。

「怪我《けが》もなさそうだな。ひょっとして腹でも空《す》かしてんのか？」

「とりあえず、お屋敷に運びますね！」

「えぇー」

「ダメなんですか⁉」

「いや、うん、まぁいいよ」

ティナは、ライアスをひょいっと持ち上げた。さすが戦士。

数時間後。

とんでもないことが起きた。

「俺が間違っていた！　パーティに戻ってきてください‼」

リビングで、ライアスは俺に土下座していた。

ライアスに怪我はない。本当にただの空腹だった。どうやら三日ほど飲まず食わずでここまでやってきたらしい。

荷物を盗まれたらしく、またここに来るための転移魔法で、お金を使い果たしたようだ。

「……どういうことだ？」

もはや同じパーティでもなければ、上司でもない。俺はライアスに敬語は使わなかった。

ライアスは肩をがっくりと落として、

「ディランさんが抜けてから、あなたにどれだけ頼っていたか、わかりました……。俺は、アイーザやミルスと会話もまともにできなかった。あいつらは俺の言うことなんか聞く耳も持たず、パーティを離脱して……」

あー、わかるわ。目に見えるようだわ。

ライアスは、あれから支援組織にも戻れず、行方《ゆくえ》をくらましたらしい。名前を変えて、どこかで傭兵《ようへい》として生きようとしたらしいが、プライドが邪魔して上手《うま》くいかず、失敗ばかりで、仕事を次々とクビになり、気がついたらバベルに戻っていたという。

「どん底に落ちてようやくわかりました……。あなたは、俺たちパーティのために、道化《どうけ》を演じてくれてたんだと……」

「ま、そうだね。道化師だし」

「ヴァンガーランド王都に戻り、支援組織に連絡を入れ、もう一度、魔大陸に行きましょう！」

ライアスは跪《ひざまず》いたまま、俺にそう促《うなが》す。

それから、俺をパーティに戻すための条件をつらつらと話し始めた。

俺はソファに座って、ライアスを見下ろしながら、頭をかく。

「なるほど――。つまり、以前のような扱いはしないし、パーティのリーダーは俺になるし、報酬の分け前を倍にするし、『奇術の勇者』の称号が得られるよう、王国連合に掛け合ってくれると。悪くない条件だ」

「そ、そうでしょう!?　ですから――」

「だが、断る」

「え……？」

「もう勇者に興味はない。メシ代は取らないから、とっとと失せろ」

「え……？　え……？」

呆然《ぼうぜん》とするライアスの首根っこを持って、俺は引きずっていった。

「え!?　ちょ、ちょっと待ってください！　ディランさん、俺は――！」

玄関を出て、屋敷の外に放り出した。

「十分経《た》ってまだここにいたら、バベルの衛兵を呼ぶ。支援組織にバレるぞ」

「そんな……！　ディランさん、ディランさん!!」

泣いて足に縋《すが》りついてくるライアス。

「お願いです！　見捨てないでください！　俺はもう、行き場がないんです！」

「支援組織に戻ればいいだろ」

「戻れません！　そしたら俺は勇者じゃなくなってしまう！」

「お前はとっくに勇者じゃないよ。その称号を捨てて出直せ」

「そんな……！」

「それからバベルに来て、また塔を登ればいいだろ。もう俺に頼るな」

「嫌です！　ディランさん、お願いします！　もう一度俺とパーティを組んでくださいっ！」

「断る」

ため息交じりに、俺は手品《マジック》を使った。

途端に、ライアスのしがみついていた俺の足が、トランプになる。

本物の俺は、三歩ほど前に進んでいる。

屋敷の扉を開けた。

ちら、と振り返ると、

「うう、ううう……」

その場にへたりこんで、泣きながらトランプを握りしめるライアスの姿が見えた。

扉を閉め、鍵《かぎ》をかけた。

振り向くと、ティナが心配そうな顔をしている。

「ご主人様、あれで良かったんですか？」

「いいんだよ。だって俺、マジでもう勇者に興味ねぇもん」

「そうなん……でしょうけど……」

「ライアスも一度どん底を味わうくらいがちょうどいいだろ。こっから這《は》い上がっていくさ」

「そういうものですか」

「そういうもんだね」

　窓から玄関を見ると、ライアスが立ち上がり、肩を落として去っていった。

　ティナが心配そうに呟《つぶや》く。

「ライアスさん、また行き倒れないでしょうか……」

「あー、ま、当分は大丈夫」

「なんでわかるんですか？」

「手品《マジック》を使った際、やつの懐《ふところ》にいくらか路銀を入れておいた。しばらく食べるのには困らないだろ」

「わ、そうだったんですか！」

「ギルドの紹介状と、転移魔法の旅券も入れておいたから、ここで塔に登るなり、王都に戻るなり、できるはずだ。だからあとは、ライアス次第だ」

「すごいです！　そこまで考えてたんですね！」

「ま、いちおう昔のパーティのメンバーだし。最後の最後でようやく頭を下げたからな」

「追放した張本人を許しただけじゃなくて、餞別《せんべつ》まであげちゃうなんて！　やっぱりディランさんはいい人です！」

「ご主人様と呼べ。また半裸で踊らせるぞ」

「やっぱりいい人じゃないですっ‼」

とぼとぼと去っていくライアスの背中を見て、俺は思う。

じゃあな、剣撃の勇者さん。

お前といた三年間——マジでクソだったわ。

11　遊び人、塔の攻略を開始する。

バベルに戻ってきて、一週間が過ぎた。

俺の屋敷では、戦士兼メイドのティナが、雑事をこなしている。

仕事を終えたティナが、エプロンドレスから私服に着替えて、リビングにやってきた。

クッキーと、ティーカップが二つ載《の》ったトレイを持っている。

「ディランさん、一通り終わりましたー！」

「おー、お疲れ」

「お茶です！」

「ありがと」

ティナの淹《い》れてくれた紅茶を飲む。美味《うま》い。さすが奉公歴が長いだけあるな。

「ん～ディランさんのお家にある茶葉は、高いだけありますねぇ～」

「お前が買ってきたんだろ。俺のカネで」

「私に任《まか》せるって、お使いを頼んだのはディランさんじゃないですか～」

「ま、そうだけど」

かつて塔を登った際に蓄《たくわ》えていたお金は、まだまだたくさんある。しばらく心配はいらないだろう。

美味《おい》しそうにカップを口に運ぶティナ。クッキーにも手が伸びている。

「じゃ、作戦会議だ。今後の方針を決めるぞ」

「はーい！」

俺はリビングのテーブルに、紙を広げた。ペンを持つ。

「ティナの目標は——全身鎧《よろい》だっけ？」

「今のところはそうです！　でもいずれは、ディランさんみたいにおっきなお屋敷を建てて、のんびり暮らすんです！」

「ん、わかった。頑張れ。じゃあ塔に登って金を稼《かせ》ぐってことだな」

「そうです！　ディランさんは？　賢者にはなりましたよね？」

「俺の目標か？」

「はい」

「バベルで一番目立つことだ」

「なんですかそれ⁉　ていうか、今でも十分目立ってるじゃないですかっ！」

「今はな。ただ、俺が死んだらどうなる？」

「……。死人はあんまり目立ちませんけど」

「そうだ。死んでも目立つもの——名を残す」

「功名ですか！　でも、どうやって？」

「そうだな。さしあたり、塔の最高記録保持者《レコードホルダー》にでもなるか」

「最高記録保持者《レコードホルダー》って……まさか……」

「天衝塔《てんしょうとう》バベルの最高到達記録は、赫灼王《かくしゃくおう》の八十五階だ。それを超える。俺がリーダーとしてな」

「そっか‼」

大声を出しながら、ティナが立ち上がった。

「塔は十階ごとに、最初にクリアしたパーティメンバーが記録される！　一階の階段前廊下にある石碑っていうめちゃくちゃ目立つところに！」

「八十階は赫灼王が刻んだ。その中に俺はいるけど、名前は一番うしろだ」

俺は言った。

「九十階は、俺がいただく」

「すごいです————！」

興奮してぴょんぴょん跳ねるティナ。犬か。

それに、と俺は考える。

九十層まで辿《たど》り着けないようじゃ、魔王たちには勝てない。

ティナにはああ言ったが、最高記録保持者《レコードホルダー》になるのはついでに過ぎない。

俺の本当の目的は、もう一度——。

「ディランさんなら、ぜったい九十層まで行けますよ！」

苦笑して、俺は続ける。

「とはいえ、まだ賢者レベルも低い。道化《どうけ》師のスキルでいいとこまではいけると思うけど、九十層に辿り着くにはそれだけじゃ無理だ」

「レベルアップですね！」

「お前もだぜ、ティナ。今は俺たちのレベルも拮抗《きっこう》しているけど、ついてこれないと判断したらパーティ解散するからな」

「私が追放されちゃう⁉　いいえ、頑張りますっっ‼」

ぐっ、と胸の前で拳《こぶし》を握るティナ。気合い十分だな。

「頼んだぜ、壁役《タンク》」

「はいっっ！」

とりあえずの目標を定めた。

王国連合や魔王の動きも気になるが、ま、今はいいや。

◇◆◇◆◇◆◇◆◇◆

翌日。

天衝塔バベル。

三階。

「うーん、魔法陣が見つからねぇな……。階段も」

「おかしいですねぇ……」

迷宮の真ん中で、俺たちは唸《うな》っていた。

今日は五階くらいまで目指そうと思っていたのだが……。

「私の幸運をもってしても、階段が現れないなんて……！　こうなったら仕方ありません。本気で祈ってみます！」

「いや、お前の幸運は、もっと別の場面で活《い》かした方がいいと思う。使ったら減りそうだ」

遊び人たるもの、ギャンブルだってやる。だからわかる。幸運だって、使えば減るものだ。

俺は幸運値が低いから、ぜんぜん勝てないけどネ。

「ででも！　このままじゃ本気で帰れなくなっちゃいますよ！　行き倒れちゃいます！」

「時間はまだある。いいから動くぞ。いざとなったら、簡易結界テントもあるから、寝る場所も確保できる」

「えっ！　それってひょっとして狭いテントの中で私とディランさんがぎゅっと寄り添って一晩過ごすってことでああんそんなディランさんいけませんそんなでも私ディランさんなら初めてを差し上げても――」

「なにぶつぶつ言ってんだ。行くぞ壁役《タンク》」

十歩くらい後ろで、身体をくねくねさせながら意味不明な呟《つぶや》きをするティナに声をかけた。

「あー！　待ってくださいディランさん！　置いていかないでー！」

半泣きになりながら走ってくるティナ。

それにしても、と俺は思う。まさかもう迷うことになるとはな。やっぱり『地図作成《マッピング》スキル』は必要だ。あの職業《ジョブ》がパーティに欲しいところだけど――。

「……………んみゃあ、たす、けて……………………」

どこからか、助けを求める声が聞こえた。

「……冒険者だな」

「あっちからです！」

言うやいなや、ティナが駆けだす。ああもう、考えるより先に身体が動くやつだな！

迷宮を走り、曲がり角を折れたところで、

「……………んみゃあ、だれか……………………」

フードを被《かぶ》った少女が倒れていた。

格好から判断するなら、シーフだ。

「もしもし！　大丈夫ですか⁉」

駆け寄ったティナが声をかける。

俺は少女の身を起こした。大賢者になって覚えた治癒《ちゆ》魔法を使おうと思ったが、怪我《けが》はなさそうだ。

少女が苦しそうに口を開いた。

「ま……」

「ま？」

「マタタビを……」

持ってねぇよ。

「水でいいか？」

「あぁ……もうそれでもいいニャ……」

手品で水筒を取り出して、少女に飲ませる。

ごきゅっ、ごきゅっ、と勢いよく飲んでいく。いや、マタタビじゃなくて水で正解だろ。

「ぷはー！　美味いニャ！　ん？　君たち誰ニャ？」

少女が顔を上げて、フードが取れる。

びっくりした。

頭にはネコの耳。そして腰巻きからは尻尾がちらりと見えた。

「獣人族さんっ⁉」

驚いて叫ぶティナの声に、獣人族（？）の猫娘は、んにゃ？　と首を傾《かし》げたのだった。

12 遊び人、ロリ爆乳な猫娘と出会う。

獣人族の猫娘は、遭難していたらしい。

俺が渡した水筒を空《から》にして、「おかわり！」とか言いやがった。

まぁ、あるんだけど。

手品《マジック》で再び虚空《こくう》から水筒を取り出した。

塔の攻略には、水と食料、テントなどが必須《ひっす》だ。

しかしそれらは非常にかさばる。

だから上級冒険者たちは大抵、魔法の収納袋を持っている。たくさん入るアレだ。

けれど、道化師《どうけし》を極めた俺にそんなものは必要ない。

道化師のスキル、手品《マジック》を使えば、ほぼ無限にアイテムを出し入れできるのだ。いろいろと制限はあるが、収納袋より遥《はる》かに使えるスキルである。

地べたに正座する彼女に水筒を渡すと、猫娘はまたごくごく飲みだした。

猫耳がピョコピョコ動くのが面白い。

名前を尋《たず》ねようと、俺は薔薇《ばら》を一輪《いちりん》取り出した。

「俺はディラン。いちおう賢者をやっている者さ。獣人族のお嬢さん、とても素敵な毛並みだね。名前を聞かせてもらえるかな？」

ナンパみたいになってしまった。道化師の癖《くせ》はなかなか抜けないな。一生このままなのか？

猫娘は喜んだ様子で、水筒から口を離して手で拭《ぬぐ》う。

「んにゃー！　ボクの毛並みの良さがわかるなんて、なかなかのオスニャ！」

「ふっ、ありがとう」

「ボクの名前は、ニャンニャンニャンニャ！」

「……待って、もう一回」

「ニャンニャンニャ！」

「……どこまでが名前かな？」

「〝ニャンニャン〟、にゃ！」

「ニャンニャンね。わかった……」

「にゃっ！」

獣人族だからか、変わった名前だな。

というか、低身長なのに、胸がやたらと大きい。顔より大きい。ひたすらに大きい。ティナに勝るとも劣らない爆乳である。ロリ爆乳だ。

この場にいるもう一人のロリ爆乳娘、戦士のティナが口を開く。

「私は戦士のティナです！　ディランさんとパーティを組ませてもらってます！」

「よろしくニャ！　お二人は命の恩人ニャ！」

はは－、と両手を差し出して地べたに這《は》いずるニャンニャン。

猫が伸びをしているようにも見える。

あと大きな胸が地面にぷにゅうって潰《つぶ》れて横からはみ出てるのが見える。すごい。

「ニャンニャンさん、こんなところで倒れて、いったい何があったんですか？」

ティナが訊《き》くと、猫耳は、んにゃあ、と鳴いた。

「ボクはご主人を探して、塔を一人で攻略するシーフにゃ。これでもレベル15で、さっきまで十階まで登ってたニャ」

けど……と表情を暗くするニャンニャン。

「ちょっと無謀だったニャ。モンスターが強すぎたニャ。ボクは逃げたんニャけど、しつこく追ってくるやつがいて……。そいつから逃げてる途中で遭難しちゃったんニャ。二日も飲まず喰わずだったニャ」

「しつこく追ってくるやつ？」

「そうニャ！　十階からここまで追いかけてきたニャ！　魔法陣は全然見つからないし、水と食料は落としちゃうしで散々ニャ！　……ここにいたらまた見つかっちゃうかもニャ。早く逃げなきゃなのニャ！」

　ぴょん、とジャンプして立ち上がるニャンニャン。

　だがすぐに、ふらりと倒れそうになる。

　俺が支えた。

「大丈夫か？」

「にゃあ。お腹《なか》が空《す》いて力が入らにゃい……」

「ほら、干し肉」

　と、手品《マジック》で出したそれを、三つほどニャンニャンに渡す。

「ニャ————‼」

　ばくばくと食べだす猫耳。野性みを感じる。

　一瞬で平らげた彼女は、俺をうるうると見つめだした。

「はぁ……あなたは命の恩人ニャ……」

　そんな大げさな。

「あの、ディランさん！」

「おう、どうした？」

「ニャンニャンさんを追ってきたモンスターって……あの人ですかね⁉」

　振り返ると、ティナが指差す先に、体長二メートルくらいの人型モンスターがいた。

筋骨隆々《きんこつりゅうりゅう》の、アンデッドだ。肌はところどころ破れ、骨は突き出て、顔は一部なくなっている、相当にキモいやつ。

手にはナタを携《たずさ》えている。

そいつが、ぶしゅるるる……とかよだれを垂らしながら、よたよたと、こちらへ歩いてきた。

俺は頷《うなず》く。

「ダストーカー、だな。ありゃあ確かに、十階あたりのモンスターじゃ一番手強《てごわ》いし、一度狙《ねら》われたら塔を出るまで追いかけてくるわ」

「びゅしゅりゅりゅりゅりゅりゃあああああ……！」

それまでゆっくり歩いてきたダストーカーが、突然ダッシュで迫ってきた。

「いや――――!?」

「フニャ――――!?」

「あー、結構速いんだよねぇ、アイツ。わかるわかる。ビビるよな」

キモいアンデッドの巨体が猛スピードで迫ってきて、ティナとニャンニャンが絶叫を上げた。

「ディランさん逃げましょう逃げましょう逃げましょう!!」

「ギニャ――――！　フギャ――――!!」

「てい」

逃げようとする二人を横目に、俺はトランプを数枚投げた。

俺が投げたトランプは、ダストーカーに、つかかか！　と刺さる。

「トランプ⁉　でもそんなんじゃあいつは倒せニャ――」

猫娘の制止を無視して、俺は両手を広げて、指を鳴らす。

「――点火《イグニッション》！」

ぽあっ！

突き刺さったトランプが盛大に弾《はじ》けて燃え上がる。

「うーん、やっぱりアンデッドはよく燃えるなぁ」

しかしダストーカーは、燃えながら、なおも走ってくる。

「びゅしゅりゃあああああああああ‼」

「いや――！　ディランさん何やっててんですかディランさんいや――――‼」

「ギニャ――――！　フギャ――――‼」

火だるまになったアンデッドが迫り来る。大迫力だ。

ま、こうなったら後は簡単だ。

「火に通した時点で崩れやすくなってるから――なっ！」

俺はくるりとターンして、道化師スキル・舞踏《ダンス》を発動。光の帯を出現させる。これは魔力・精神力の塊《かたまり》。精霊たちを喚《よ》び出す媒介《ばいかい》であり、報酬でもある。

光の帯に導かれて現世へやってきたのは、風の精霊・シルフ。

──久しぶりね、ヒトの子よ。

美しい女性の姿をしたシルフは、俺の頬にキスをすると、

「──ふぅ」

モンスターへ向けて息を吹いた。

シルフの風を浴びた、火だるまアンデッドは、ボロボロとその肉体が崩壊していく。

俺の目の前で、こちらに到達する直前で、ダストーカーは灰へと変わった。

勝利である。

「ありがとう、風の天使よ」

俺はシルフに跪《ひざまず》いて、手の甲にキスをする。

──いつでもお呼びなさい、可愛い道化師さん。

彼女は優しい風を残して、姿を消し、去っていった。

もう道化師じゃないんだけど、まぁいっか。

「へ？　倒し……た？」

「にゃ？　倒せ……るの？」

俺の後ろでガクブル震えていた二人が、揃《そろ》って声を発した。

振り返って、頭上へトランプを投げる。

トランプが弾けて、ぱっ、とスポットライトに変わり、光が俺を照らした。

俺はシルクハットを取って、胸に当てた。もう片方の手を大きく広げて、お嬢さん方に一礼する。

「ご覧の通り、大勝利♪」

一瞬の沈黙。

「すごいです――――――！」

「すごいニャ――――――！」

ちび戦士と猫娘が、歓声を上げた。

ふむ。壁役《タンク》のくせに後ろへ逃げたり、自分でおびき寄せたくせに後ろへ逃げたりしたことは、今の歓声で許してやるか。

「さすがです、ディランさんっ！　十階にいる強敵モンスターを簡単に倒しちゃうなんて！　シルフも召喚してましたよね⁉　しかも仲良さそうですっご――い！」

「彼女はお得意様だ。俺のダンスを気に入ってくれている、精霊界のパトロンの一人だ」

「精霊界のパトロン‼　なんですかそのパワーワードは‼」

「いいだろ？」

「羨《うら》ましいです――――!!」

きゃっきゃと跳ねるティナ。ぽよんぽよんと揺れる爆乳。重くないのだろうか。いや、鎧《よろい》がね？

ロリ爆乳戦士がはしゃいでいる隣で、猫娘が感嘆《かんたん》のため息をついた。

「は――お兄さんすごいニャー！　今の手品《マジック》、まるで伝説の道化師ディランみた……い……ニャ。あれ？　そういえば、お兄さんの名前……」

女性に名前を訊《き》かれたら、俺の身体は自動で反応するようになっている。つまり、

「ディラン・アルベルティーニ。よろしく、瞳の綺麗なお嬢さん」

猫娘にそっと寄り添って、触れるか触れないかギリギリのところまで迫った。彼女の、琥珀《こはく》色の瞳に似た、黄色い薔薇を差し出している。ナンパか。

「はにゃ……ふやぁ……」

ニャンニャンは惚《ほう》けたように、俺を見つめていた。顔を真っ赤にして、瞳をうるうる潤《うる》ませている。「この女、落としたぜ？」と俺の中に（まだ残ってた）道化師が囁《ささや》いた。ほっとけ。

呆然《ぼうぜん》としながら、俺から薔薇を受け取るニャンニャン。

俺は苦笑しながら体を離した。

「……失礼。綺麗な女性を見るとつい、身体が勝手に動いてしまうんだ」

職業《ジョブ》の逆流だから本当のことなんだけど、なんだろう、我ながら軽薄さが半端《はんぱ》ない。

隣でティナが抗議。

「私っ！　ディランさんに口説《くど》かれたことないですけどっ⁉」

「あー、お前はほら、最初の出会いが、ほら、子供だと思ったから」

「ひどいです――――――――っ！」

そんなこと言われてもなぁ。

まだ塔の中で会っていれば違ったかもだけど。

ニャンニャンは、呆然と呟《つぶや》いた。

「ディラン・アルベルティーニ……。伝説の道化師ニャ……」

俺は彼女にウィンクする。

「今は大賢者だけどね。俺をご存じだったとは光栄の至り♪」

「もっ、もちろんニャ！　ボクはずっと、道化師ディランを探していたんニャ‼」

「俺を？　探していたのは、〝ご主人〟じゃなかったっけ？」

「道化師ディランこそ、ボクのご主人になるヒトなんニャ‼」

あー、そういうこと。

はぐれたご主人を探していたんじゃなくて、未来のご主人を探していたってわけか。

「お願いニャ！　ボクをパーティに加えてくださいニャ！」

言って、ぴょんとジャンプしたニャンニャンは、その場に跪《ひざまず》いて、両手と頭を下げた。

さっきと同じような、猫が背伸びをするみたいなポーズ。

それはきっと、猫娘にとって、土下座とか、服従の姿勢なのだろう。

隣では、ティナがぽかーん、とその様子を眺めている。状況に理解が追いつかないらしい。

さて、どうするかな。

13　遊び人、鍛冶職人と出会う。

「顔を上げて、お嬢さん。そんなマネをする必要はないよ」

俺は膝《ひざ》をつき、猫の背伸びポーズをするニャンニャンにそう囁《ささや》いた。

彼女はがばっと顔を上げて、

「パーティに入れてくれるかニャ⁉」

「そうは言ってない」

「お願いしますニャ！」

また顔を伏せる猫娘。

ふむ。どうしたものか。

シーフは、確かに必要だ。実際、俺たちは三階で迷っていた。

シーフがいれば、地図作成《マッピング》スキルで、フロアの地図を作ることができる。

レベルによって虫食いはあるものの、非常に役立つスキルだ。

ただ、シーフを入れるにしても、もう少しレベルの高いメンバーを入れようと思っていた。

申し訳ないが彼女は……。

　俺が断ろうとすると、ニャンニャンはまたもがばりと顔を上げて、

「ボクは鍛冶獣人《アニマスミス》ニャ！　きっとお役に立てるニャ！」

「鍛冶獣人《アニマスミス》⁉　君が？」

　それは強力なオーダーメイド武具を作る、獣人族の鍛冶《かじ》職人のことだ。彼らの創った武器や防具はとても貴重で、伝説の装備として扱われることもある。

「そうニャ！　ご主人の武具も、ボクが創れるニャ！」

　もしそれが本当なら、願ってもないチャンスだ。鍛冶獣人《アニマスミス》は基本的に隠れている。滅多《めった》に出会えないから、武具の作成を頼みたくても頼めない。

「そういうことなら、考えてみよう」

「本当ニャ⁉　パーティに入れてくれるかニャ⁉」

「君が鍛冶獣人《アニマスミス》だと証明できたら、俺とティナで話し合おう」

　ティナを見ると、「わかりました！」と元気よく頷《うなず》いた。

「ニャー！　塔を出たら何か創ってみせるニャ！」

　ぴょんとジャンプして立ち上がるニャンニャン。嬉しそうだ。

「でも、どうしてそこまで、俺のパーティに？」

「一目惚《ひとめぼ》れニャ‼」

「は？」

「三年ぐらい前に、道化師《どうけし》ディランのパフォーマンスを見たニャ！　そのときの舞踏《ダンス》と手品《マジック》にビリビリって毛が逆立ったんニャ‼」

あ、ああ、一目惚れしたのは、俺にじゃなくて、俺の道化師スキルに、か……。びっくりした……。

「鍛冶獣人《アニマスミス》はご主人を探して、認められて、はじめて一人前になるんニャ！　ボクのご主人は道化師ディランしかいないと思ったんニャ！」

ニャー！　と両手を高々と上げるニャンニャン。

隣でわくわく顔で聞いてたティナが、でも、と首を傾《かし》げた。

「ディランさんは、三年前に勇者パーティに行っちゃいましたよね？　まさかずっと一人でレベル上げを？」

「もちろんニャ！　あれから三年！　ボクはソロのシーフとして塔に登ってたんニャ！　いつか道化師ディランが帰ってきた時、ご主人になってもらうために……！」

「すごい、そうだったんですね！」

「そうだったのニャ！　そして今！　ボクは道化師ディランのパーティに入れた！　ご主人を探すことができたニャ！　いやったニャ――――‼」

俺は咳払《せきばら》いして、

「それなんだが。さっきもちょろっと言ったと思うんだけど」

「なにかニャ？」

「俺、道化師やめたんだ」

「ニャ？」

「転職して賢者になった」

「………ニャ？」

わけがわからない、といった顔のニャンニャン。それから徐々に理解が追いついてきて、わなわなと震えだして、ついに叫んだ。


「ニャンですと――――――――!!??」


うん。ティナみたいな反応だ。

そのティナも、わかるわかる、と頷いている。

「でもま、道化師のスキルは変わらず使えるから、そこは安心してくれ」

俺が、さー、とトランプをシャッフルして、扇状《おうぎじょう》に広げると、ぽんっ、と音を立てて、カードが鳩に変わって飛んでいった。

「ニャっ！　にゃにゃっ‼」

「追いかけるな猫」

習性なのだろうか。ニャンニャンは、飛んでいった鳩にジャンプして猫パンチを繰り出して、スカッと外した。

「はっ！　本当ニャ！　さっきも手品《マジック》使ってたし！」

「そういうことだ。俺は賢者としてこの塔を登り直す。まだレベルは3だから、君より低いかな」

「賢者なんて……聞いたことがないニャ……！　ご主人はやっぱりすごいニャ……！」

「まだご主人じゃないけどね。とりあえず塔を出ようか。ニャンニャン、魔法陣の場所はわかる？」

「おまかせくださいニャ！　十階は無理でも、三階ならわかるはずニャ！　追いかけてくるモンスターさえいなければ、ちょちょいのちょいニャ！」

ニャンニャンはその場に座り込み、ペンと紙を取り出して、瞑想《めいそう》を始めた。

こうしていると、職業《ジョブ》がフロアの地理を把握して、本人に『降りてくる』という。

俺とティナは、ニャンニャンの邪魔にならないようにしつつ、周囲を警戒した。

三分ほど経《た》ったあと、ニャー！　とニャンニャンが立ち上がる。

「出来たニャ！」

完璧な地図が出来上がっていた。

それから俺たちは、彼女の先導で、ようやく塔を脱出したのだった。

◇◆◇◆◇◆◇◆◇◆
「ではこれから、ご主人の武器を創るニャ」

屋敷に戻った俺たちは、早速ニャンニャンに武器を創ってもらうことにした。俺とティナはソファに座り、ニャンニャンはリビングの中央で布を敷いたりと、準備をしている。

普通の武器と違い、鍛冶獣人《アニマスミス》の作業には時間がかからないらしい。俺も伝聞で得た情報なのでよく知らないのだが。

「簡単なものでいいぞ。創ってくれたら『鑑定鏡』で調べるから」

「わかったニャ！　ボクらの創る武器は、本来ドラゴンを屠《ほふ》るものニャ。ゆえに『ドラゴンキラー』と呼んでいるニャ」

「ああ、そういえばそうだったな」

横でティナが跳ねた。

「私は初耳です！」

ニャンニャンが続ける。

「ドラゴンさえ殺せれば、まぁ大抵のモンスターは一捻《ひとひね》りニャ。で、それを創るには、ご主人とのちょっとした契約が必要なのニャ」

「契約？」

「ご主人、ちょいと目をつむってほしいニャ。すぐ終わるニャ」

言われたとおりに目をつむる。

何気なく従った。道化師とはいえレベル99だ。視覚に頼らなくても、何かおかしなところがあれば身体が勝手に反応する。

そう思っていた。

迂闊《うかつ》だった。

道化師は、変な職業《ジョブ》なのだ。

実利より、『より面白い方』を選ぶことがある。

人の気配を間近で感じたため動こうとしたものの、職業《ジョブ》に縛《しば》られて、まったく動けなかった。

結果、

「──ちゅ。ぺろり」

目を閉じた俺の唇に、柔らかい何かが触れて、そのあと、ざらりとしたものが過ぎていった。

ニャンニャンにキスをされたのだと、ぼんやりと俺は思った。

おいおい、と俺は思う。勘弁しろや、道化師。

「え―――――――――っ⁉」

ティナが叫ぶ。

「んニャあ。これで契約成立ニャー」

目を開けると、にやりと笑うニャンニャンがいる。こいつ、わざとか……！

「ふざけてるのか？」

「いやいや！　真面目《まじめ》ニャ！　契約にはキスが必要なのニャ！　黙っててごめんなさいニャ！」

ははー、と猫の背伸びポーズで謝るニャンニャン。

「……今回は許すから、続けてくれ」

「はいニャ！」

ニャンニャンは手を挙げて、それから再び床に座った。

床には大きな布が敷いてあり、中心には大小六つの魔石が置かれている。

親指を噛んで、魔石の上に、血を垂らす。

その血はひとりでに魔法陣となり、ぼう、と輝き始めた。

「これが……」

「鍛冶獣人《アニマスミス》……！」

俺とティナが固唾《かたず》をのんで見守るなか、ニャンニャンの作業は続いていく。

14　遊び人、結局ハーレムになってしまう。

「――剣猫族《ニャッツ》が竜殺しの鍛冶師《かじし》ニャンニャン・ヴィスコンティが、偉大なる七女神様に願い奉《たてまつ》ります」

その呪文とともに、魔法陣が輝きだした。

猫耳の鍛冶獣人《アニマスミス》はさらに続ける。

「我らが仕《つか》えし崇高《すうこう》なる一柱《ひとはしら》――『斬《ざん》』を司《つかさど》りしエーレクトラー様の御業《みわざ》をここに顕現《けんげん》されますこと、その絶大なる力を以《もっ》てして、牙《きば》と爪《つめ》と翼の化身《けしん》どもを討ち滅ぼす剣《つるぎ》を我にお与えくださること、願い奉ります」

魔法陣の上に光がひとつ浮かび上がると、ぎゅるり、と渦を巻いた。一回り大きな球体となる。

「我が主人、ディラン・アルベルティーニの爪となり牙となる竜殺しをお与えくださること、願い奉ります」

そうして、ニャンニャンは両の掌《てのひら》を上にして構える。すると球体が形を変えて――剣の姿を取って、その手に降りてくる。

「――プレイアデスのご加護を、いま、この手に」

ぱぁん、と光が弾《はじ》けた。そのときにはもう、ニャンニャンの手の上には抜き身の剣が一振り、現れている。

「完成ニャー！」

その剣を掌の上に乗せて、大きく掲げた。

ニャンニャンの手の上に乗っているのは、ナイフ。その刃《やいば》が神々《こうごう》しくきらめいた。

「真銘静聴《しんめいせいちょう》――聞こえたニャ。この剣は、『夜月刀《やげつとう》』ニャ！　はいご主人、どうぞニャ！」

「おお、ありがとう」

受け取った俺は、ティナと一緒に、ナイフをしげしげと眺める。

軽く湾曲した刃は、剣というより、東洋の刀だ。刀は、ダンジョンの宝箱にもよく入っている。切れ味の鋭さも強靭《きょうじん》さも申し分ない種類の、非常に〝使える〟刃物だ。

これは、その刀を短くしたような感じだった。

「脇差《わきざし》、とも言われてるニャ。予備武器《サブアーム》にゃんね。ちなみに、ダンジョンに落ちているのは『打刀《うちかたな》』という、主武器《メインアーム》ニャ」

「なるほど……」

照明に刃をかざしてみると、波のような模様が描かれていた（あとで聞いたら『刃文《はもん》』というらしい)。光を反射して、とても綺麗だ。

「すげぇな……」

「綺麗ですー！」

「どうニャ！　ボクの力がわかったかニャ⁉」

えっへん、と胸を張る猫娘。顔より大きな胸が揺れた。

俺はアイテムの『鑑定鏡』を取り出した。丸いレンズで、その名の通りアイテムを鑑定できる。それで夜月刀を見てみた。

「――間違いない。鍛冶獣人《アニマスミス》の武器だ。なるほど、ドラゴンによく効く――対竜特攻がついているんだな」

にゃ！　と頷《うなず》くニャンニャン。

「むかーしむかし、ドラゴンたちが七つの海と五つの大陸を支配していた時代があったニャ。神はこの世界が食い滅ぼされる前に、人間たちに武器を与えたニャ。それがドラゴンキラーと言われているのニャ！」

「へー。それは鍛冶獣人《アニマスミス》の伝説なのか？」

「そうニャ！」

「確かに、ドラゴン系はしぶといもんな……。首を切っても再生するし……」

「えっ、そうなんですか⁉」

ティナが驚いたので、俺は頷く。

「そのうち嫌というほど戦うさ。楽しみにしてな」

「おおー！　やってやりますよー‼」

こいつは元気だなぁ。

俺はニャンニャンに訊《き》く。

「さっきの儀式で唱えていた〝七女神様〟ってのはなんだ？」

「プレイアデスにゃね。鍛冶獣人《アニマスミス》の神様ニャ！　武器の神様なのニャ！　七人の女神さまで、一柱ごとに司る武器が違うのニャ！」

「ほーん、いろいろあるんだなぁ」

「いろいろあるんですねぇ」

感心する俺とティナ。

「もともとは、七つの武器ごとに鍛冶獣人《アニマスミス》も違ったんニャけど、時代を経《へ》るにつれて、ひとりで全部やるようになったニャ。職人は日々、進化を続けているのニャ！」

「そりゃすげぇ」

「──で、どうかな、ご主人！　ボクの力は認めてくれたかニャ⁉」

わくわくと近寄ってくるニャンニャン。

俺は、すっと右手を上げて、手品《マジック》であるものを飛ばした。

ひゅるるるる……ぱーん！　ぱーん！　どぱーん‼

燃えない花火がリビングに咲いて、ひらひらと紙吹雪《かみふぶき》が舞い降りてくる。


「──合格‼」


「いやったニャ──────‼」

ぴょーん、とジャンプするニャンニャン。シーフだけあって、身が軽い。

「ありがとうございますなのニャ！　ご主人‼」

ぎゅうっと抱きついてくるニャンニャン。爆乳が柔らかくって大変です。

ティナも笑顔で拍手している。

「おめでとうございます、ニャンニャンさん！　これからよろしくお願いしますね！」

「ティナもありがとニャ！　こちらこそこれからよろしくニャ！　なんてワンダフルなおっぱい！　ずっと気になってたニャ！」

「うひゃあ⁉」

ニャンニャンが、メイド服姿のティナの胸に飛び込んで、顔をぎゅるんぎゅるん回し始めた。

ティナの爆乳が凄《すさ》まじく揺れている。

「ひょえええええええ⁉　やめてくださぁぁぁぁぁい！」

「ぽよんぽよんなのニャ―――――――！」

かと思えば、顔を離して、うんうんと頷く。

「――とはいえ、胸の大きい者の苦しみはわかってるニャ。肩こるし、邪魔だよニャ。デブに見えるし」

「わかってくれますか‼」

「わからいでかニャ！　ほら、ボクも無駄に大きいニャ？」

「わぁ……ニャンニャンさんのおっぱいは、ちょっと弾力があるんですね！」

「獣人だから少し違うのかもしれないニャ。ティナのふわふわおっぱいも最高ニャ！」

「わわっ、ちょちょっ、あんまり揉《も》まないで顔を埋《うず》めないでー！」

ロリ爆乳がまた一人……。なんだ、類は友を呼ぶとか、そういうことか？　このままロリ爆乳ハーレムとかになってしまうのか？　もうそういうのは懲《こ》り懲《ご》りなんだけど……。

などと、思っていた時期が俺にもありました。

◇◆◇◆◇◆◇◆◇◆

その夜。

案の定というか、ティナに続き、ニャンニャンもお金がなくて、俺の屋敷に寝泊まりすることなった。

まぁそれはいい。部屋は余ってるしな。

なんだけど――

「ご・主・人・☆」

寝ているところに、なにか重たいものが身体の上に乗っかってきた。

目を開けると、ニャンニャンが、一糸《いっし》まとわぬ姿で、そこにいた。

ああ、猫はよく、主人の身体の上で寝るっていうしね……。ってそういうことじゃねぇわ！

「なにやってんだお前⁉」

「なにって――見ればわかるニャ？　夜這《よば》いニャ！」

ばさっと布団《ふとん》がめくられる。

薄暗闇《うすくらやみ》のなかで、ニャンニャンの白い肌が浮かんで見える。顔より大きな爆乳がたっぷんたっぷん揺れて、俺の胸に押し当てられた。

「夜這いってお前な！」

振り払おうとするが、身体が動かない。拘束されているわけじゃない。道化師《どうけし》の職業《ジョブ》が、「こっちのほうが楽しいだろ？」と俺の動きを止めてやがる！　このクソ職業《ジョブ》がー！

「鍛冶獣人《アニマスミス》が強力な武器を創るには、主人との絆《きずな》の深さが大事なのニャ。だ・か・らぁ……ご主人、いただきますニャー！」

「あーもう、なるようになれ……」

俺が諦《あきら》めかけたそのとき、

「ちょっと待った――――――――――――!!」

ばぁん！　と扉が開け放たれて、光が差し込んだ。

俺にとっての救いの光――ティナの姿がそこにあった。

さすが壁役《タンク》！　俺を守ってくれるんだな！

「ティナ！　よかった、助けてく――お前なにその恰好《かっこう》」

壁役《タンク》の戦士が着ていたのは、盾《たて》でも鎧《よろい》でもなく、ましてや寝間着でもなくて、下着だった。

それも、いったいどこで手に入れてきたのか、妙にえっちなやつ。透けてるし。見えてるし。

いわゆるベビードールに身を包んだロリ爆乳娘が、その大きな胸に手を当てて宣言する。

「ディランさんに食べられるのは、私が先です!!」

「「にゃんですと――――――!?」」

ベッドの上で同じような驚き方をする俺とニャンニャン。

いやほんと、なんでだよ！

ニャンニャンは、すっと俺からどいて、難しい顔をした。

「そうだったのニャ……。ボクはてっきり、ティナとはもう毎晩たくさんしているものと思ってたニャ……。それなら抜け駆けは良くないニャ」

「私も毎晩待ってたんですけど、この一週間、ディランさんはまったく手を出してこようとしなかったんです‼」

「ニャッ⁉　そんなバカニャ！　それはどうかと思うにゃあ、ご主人！」

「どうかと思います‼」

じー、と二人して俺を睨《にら》んでくる。

いやいや待て待て。

「俺の意思は関係ないのか？」

するとティナは、いまだベッドから動けない俺のところにやってきて、ふいに抱きついてきた。シャンプーの香りが俺の鼻腔《びこう》をくすぐる。俺の腹に乗ったティナの爆乳が、ぷにゅっと潰《つぶ》れて、その心地よさがたまらない。

ティナは、俺を上目遣《うわめづか》いで切なそうに見つめると、

「──私、そんなに魅力ないですか？」

殺し文句だった。

くそ、こんな小娘に……！　でもっ……‼

悔しいが、ティナの身体が震えているのに気づいた俺は──こいつが勇気を振り絞っていることに気づいた俺は──心からの言葉を言ってやることにした。

「──お前は可愛いよ、ティナ」

彼女は泣きそうになりながら、俺をじっと見る。

「ディランさん、私、私……」

ようやく身体が動くようになった俺は、彼女を抱いて、その耳元に囁《ささや》く。

「わかってる」

「………優しくしてください」

ベッドに横たわったティナの懇願《こんがん》に、俺は優しくキスをして、返事の代わりとした。

なお、部屋を出て、後ろでそーっと扉を閉めたニャンニャンが、確認するように、

「………次はボクにゃよ?」

はいはい。わかってますよ。

結局ハーレムっぽくなっちゃったけど、パーティを解散するような事態にはならなさそうだし、まぁいっか。

15　遊び人、最高の朝を迎える。

翌朝。

俺はベッドの上で目を覚ました。

ロリ爆乳な美少女ふたりに挟まれている。三人ともほとんど裸だ。

昨日は最高の夜だった。間違いない。

「ふわ……あ、ディランさん、おはようございましゅ……」

「ふにゃあ……ご主人、おはようなのニャ……」

「おはよう、二人とも」

目を覚ましたティナとニャンニャンが、両方から抱きついてきた。

柔らかい肌の感触を、朝から全身で味わってしまう。

さて、と……。

「あっ、ディランさん……」

「ふにゃっ、ご主人……」

二人の身体に両手で触れて、それぞれの胸の感触を同時に楽しむ。ああ、本当に、ティナはふわふわで、ニャンニャンは弾力があるな。

「んっ、ディランさんはぁ……やっぱりひどい人ですぅ……」

「あっ、遊び人は節操がないニャ……おっぱいの揉《も》み比べなんて……」

「襲ってきたのはお前たちだろ？」

ニャンニャンの胸を揉みながら、ティナにキスをする。ニャンニャンは俺の膝《ひざ》に手を添えて、腰へ向かってゆっくりと撫《な》で上げていく。キスであっさりスイッチが入ったティナは興奮した様子で、俺の頬をがっちり掴《つか》むと、俺の舌をねぶり始めた。

遊び人の朝は、やっぱり最高だった。

◇◆◇◆◇◆◇◆◇◆

ヴァンガーランド王都。

そのはずれにある、ボロっちい宿屋。

小汚い食堂の片隅で、二人の女が膝を突き合わせて、こそこそと会話をしていた。

いや、どちらかというと、片方が一方的に話しているのを、もう片方が聞いてるんだか聞いてないんだか無表情で目を見開いていた。

「剣バカは自分だけでも魔大陸に戻るなんて言ってるけど、そんなの無理に決まってるわ」

「…………」

「かと言って、このまま自分の領地に帰っても、お父様に叱《しか》られた挙げ句に、どっかのおっさん貴族と結婚させられるだけで私に未来はない」

「…………」

「それなら、国立魔法院の院長にでもなって、王国魔道士のイケメンを引っかけようと思うの。私の美貌《びぼう》ならどうとでもなるし」

「…………」

一方的に喋《しゃべ》っている方が『魔法の勇者』――アイーザ。

目を見開いたまま無表情で聞いているのが『聖法の勇者』――ミルス。

勇者パーティの、残り二人である。

「だから一度、支援組織に戻るわよ。アンタ、ちゃんと口裏合わせなさいよ？　遊び人のクズは逃げ出して、剣バカもどっかに姿をくらませた。私たちは必死に引き止めたけど、聞き遂《と》げられなかったって」

ぴくり、とミルスが動いた。いや、まばたきした。

「…………ディラン・アルベルティーニは追放されたのでは？」

「バカね。いくら遊び人がクズで役立たずだからって、王国連合が選抜した戦闘人員を勝手にクビになんてできるわけないでしょうが。剣バカはリーダーだったかもしれないけど、アイツにそんな権限はない。軍法会議ものよ」

「…………ならばなぜ、黙って行かせたのです？」

「は？　アイツがクズの役立たずだからに決まってんでしょ？　追い出して正解だわ。ま、私がやったわけじゃないけどね」

くくく、と嗤《わら》うアイーザ。

しかしその表情は、追い詰められた者特有の、緊張感に満ちたものだった。

それに気づいたのか、ぱちくり、とミルスが再びまばたきをする。

周囲を見るともなく見ると、周りがぱっと顔をそらした。見られていた。会話は聞かれていないようだが……。

二人の美しい女が、場末の宿屋の小汚い食堂の片隅で、潜伏用のボロいローブを被《かぶ》って、緊張した面持《おもも》ちで座って、こそこそと話しているのだ。目立つのも仕方なかった。

「お、ねーちゃんたち美人だなぁ。いくらだ？」

突然のことだった。昼間っから酔っ払ったおっさんが、二人の背後から声をかけてきた。

そしてアイーザの肩に馴れ馴れしく手を回して、あろうことか、その豊かな胸を揉んだ。

「…………っっ‼」

『娼婦《しょうふ》』に間違えられた。

いくら場末の宿屋の小汚い食堂の片隅で、潜伏用のボロいローブを被って、緊張した面持ちで座っていたとはいえ、貴族で魔道士で勇者の自分が『娼婦』に間違えられた挙げ句、知らない男から肩に手を回されて胸まで揉まれたことで、

――こんのくそオヤジ！

アイーザはぶち切れた。そして、

「――火炎球《ファイアアアアボオオオルッッッッッ》‼」

場末の宿屋が爆炎に包まれて、木っ端微塵《こっぱみじん》に吹っ飛んだ。

やってはいけなかった。

こんな場所で、レベル30を超えた魔道士が、全力で魔法を撃つなど、決してやってはいけないことだった。

そんなことはアイーザも百も承知だったのだが……。

「はぁっ……はぁっ……いい気味だわ……っ！　くそ、くそ！　気持ち悪い、気持ち悪い、気持ち悪い気持ち悪い気持ち悪い‼」

全壊し、火に包まれ、生きてるんだか死んでるんだかわからない状態の大勢の人間が倒れているその宿屋で、アイーザは触られた場所を泣きながら拭《ぬぐ》っていた。

隣には、とっさに椅子ごと結界でも張ったのか、なんにもなかったかのように無表情で座り続けるミルスの姿。

二人はしばらくそうしていたが、騒ぎは広まっていく。

「きゃあああああああ！」

「うわあっ、爆発だ！」

「え、なんだ、魔法⁉」

「逃げろ！　逃げろー！」

二人はその後、すぐに憲兵《けんぺい》に取り囲まれた。

「何なのよアンタたち！　私が誰だかわかってんの⁉」

「おとなしくしろ！　杖《つえ》を下に置け！」

「近づいたらぶっ殺すわよ！」

「ダメだ、騎士団を呼べ！　相手は荒くれ冒険者だ！」

「私は『勇者』なのよぉー！」

「うわぁ、離れろ！　魔法が来るぞ！　全員退避ー‼」

と、一触即発のところを、『勇者』パーティの行方《ゆくえ》を探していた支援組織の人間たちに保護された。

支援組織の人間は、ディランが路上パフォーマンスをしてから、ずっと『勇者』パーティを探し回っていたのだった。

　彼らはすぐに王のもとへ二人を連れていった。ヴァンガーランド城である。

　だが、アイーザとミルスが通されたのは、王の御前ではなく、暗い地下牢だった。当然だ。

街中、それも王都での魔法発動無差別テロにより、彼女らはもう、犯罪者になってしまった。

　場末の宿屋の小汚い食堂を、さらに五十年くらい放置させたような、それは見事なまでにきったねぇ牢屋で、出されたパンとスープに手をつけることなく、アイーザはすすり泣いている。

「なんでっ……貴族で勇者の私がっ……、こんなゴミを食べなきゃいけないのよ……‼」

「主よ、本日のゴミ……いえ、糧《かて》に感謝いたします。ああ、これは試練なのですね。ゴミを食べても生き永《なが》らえよという……」

　二人はボロクソに言っているが、これでも一般庶民の朝食と同程度のものである。

　逃亡したとはいえ、元『勇者』。くれぐれも丁重に扱え、という王の情けによる指示があったためなのだが、この二人にはそれが伝わらなかったようだ。

「うぅ……どうして、どうしてこんなことに……」

「主よ……お導きください……。この匂《にお》いには耐えられません……」

　二人の女は、会話をしているわけでもないのに、お互いひたすら喋り続けていた。

◇◆◇◆◇◆◇◆◇◆

ティナとニャンニャンが台所に立っている。

宿代代わりに、ここで働くことになったニャンニャンにも、ティナと同じようにメイド服を貸していた。

俺が、食堂でコーヒーを飲みつつ、ギルドから送られてきた新聞を読みながら待っていると、

「ご主人様、お待たせしましたー！」

「ご主人出来たニャー！」


メイド服の二人が朝食を持ってきてくれた。いいね。

二人とも、小さな身体で大きなトレイを持っているのが余計に可愛らしい。

とはいえ、冒険者の職業《ジョブ》を得ているから、重くはなさそうだ。軽々とトレイを運び、食器を並べていく。

食堂にあるテーブルは、長方形のものだ。

俺はもちろん上座に着いている。ティナが俺から見て右側、ニャンニャンが左側に座った。

テーブルを挟んで、二人のロリ爆乳美少女が座っている。……なんというか、胸が邪魔そうだ。食器に触れたり、瓶《びん》を倒しそうで、見てるこっちがちょっとハラハラする。

テーブルには、所狭しと朝食が並べられていた。

街のパン屋が毎朝配達してくる焼き立てのクロワッサン。

ティナが作った熱々のコーンポタージュスープ。

バベル郊外に多く存在する牧場から届いた新鮮なスライスハムに、チーズとミルク。

畑から採《と》られたばかりのレタスやアーリーレッドは、オリーブオイルのかけられたサラダになっていた。

一緒に買ってきたトマトは八等分して、上にチーズを乗せてある。こっちもオリーブオイルをたっぷりと。

やけに香ばしい匂いがするなと思っていたら、ニャンニャンが朝からチキンを丸々焼いたらしい。テーブルの真ん中にどっかりと置かれていて、戦士の腕力を発揮してティナが易々《やすやす》とチキンを取り分けている。

自分のお皿に載《の》せられたチキンの香草焼きを見て、ニャンニャンがよだれを垂らしながら叫ぶ。

「フニャー！　朝からこーんな豪華なご飯を食べられるにゃんてー！　やっぱりご主人についてきて正解だったニャ！」

り？

手際《てぎわ》よく料理を取り分けたティナがナイフを拭《ふ》きながら微笑む。あれ、そのナイフ、俺の夜《や》月刀《げっとう》じゃ……？　いや、別にいいんだけど、でも、よく切れるからってそんな……。え、あ

ティナの手元を見ていたら、彼女は俺を見てにっこり微笑んだ。

「ほんと、ご主人様は凄《すご》いです！　貴族様より貴族らしい生活です！」

「冒険者として成功したからな。まぁ、運が良かったのもあるよ」

「ご主人様、幸運値はEなのに？」

「……そうだったな。じゃあ実力だ」

「「かっこいい――――!!」」

俺がテキトーにイキってみたら、ティナとニャンニャンが同時にキャーキャー言いだした。

「フ……」

歓声を上げられたら、身体が動いてしまう。俺は右手をひょい、と動かして、道化師《どうけし》スキルの手品《マジック》を発動。二人の頭に花冠を載せてやった。

「「キャー！」」

テーブルを挟んで、左右から黄色い声が聞こえてくる。

やれやれ。朝から騒がしいぜ。

せっかくだから、ティナの作ったコーンポタージュスープからいただく。――くはっ、なに

これ⁉

「ティナ。このスープ、」

「はい、ご主人様。お口に合いませんでしたか……？」

「めっちゃ美味《うま》い」

「～～～！　ありがとうございますっっ‼」

嬉しそうに顔中で喜ぶティナ。可愛い。

「ご主人様！　今日も塔に登るんですか⁉　私、ご主人様と一緒なら、百階だって登れちゃいそうです！」

「ニャ！　それはボクもニャ、ご主人！　ボクのシーフとしての実力も見てもらうニャ！」

「ああ、それなんだが……」

塔の攻略を開始したものの、まだ三階で止まっている。

地図がなかったためそれ以上は登れなかったが、シーフであるニャンニャンが入ったおかげで、その問題もなくなった。

四階はおろか、十階にだって今のままで進めるだろうが――。

「塔に登る前に、ちょっと確認しておくことがある」

「「確認？」」

二人が同時に首を傾けた。可愛い。

「飯を食ったら、出かけるぞ」

〝死神〟のタロットカードを虚空《こくう》から取り出してみせて、俺は告げる。

「バベル外界――『呪われた地』に」

16 遊び人、魔王に警戒される。

『呪われた地』。

一般的な意味合いは様々だが、冒険者が口にした場合、それは『霊脈の不安定な土地』のことを指す。

なぜ、霊脈が不安定な土地を、『呪われている』と表現するのか。

モンスターが出現するからだ。

やつらは、塔にだけ現れるのではなかった。

大陸に無数にある『呪われた地』からも、モンスターは出現した。

そしてモンスターは、餌《えさ》である人間を求めて彷徨《さまよ》う。村や町を襲い、人や家畜を喰って、繁殖する。

一般人にとっては脅威《きょうい》である。

が、冒険者にとってはさほど恐ろしい敵ではない。

『呪われた地』から湧き出たモンスターは、ほとんどが、『塔』における低層階に出現するような低級モンスターだからだ。

ゆえに、元冒険者の傭兵《ようへい》たちや、塔でレベルを上げた王国騎士団などが、国王や領主のもと、村や街の守護にあたっている。

「バベルの外にも、すぐ近くに『呪われた地』がある。強力なのがな」

朝食を摂《と》った俺は、ティナとニャンニャンを連れて、バベルの外へ出ていた。

バベル外界、『呪われた地』。

高い城壁によって囲われているバベルの周辺には、広大な森と、険しい山脈、そして湿地帯が広がっている。

どれもモンスターが闊歩《かっぽ》する、一般人には恐ろしい土地だ。

中でも湿地帯は『呪われた地』であり、特に侵入を制限されていた。

俺たちは、ギルドの許可を取り、その湿地帯に入っていた。

ここへ来るまでに、すでに何体ものモンスターと遭遇しているが——

「でやぁ！」

「シッ！」

ティナが盾《たて》でぶん殴《なぐ》り、ニャンニャンが両手に持った双剣で斬《き》り捨てて、蹴散らしてきた。

低級モンスター程度、俺が出るまでもないってやつだ。

身軽なシーフであるニャンニャンが、ゴブリンの首をかっさばいて倒した。うん、お見事。

レベル15は伊達《だて》じゃないな。

と思っていたら、ロリ爆乳猫娘が、胸をばるんばるん揺らしながら俺に駆け寄ってくる。

「どうかニャご主人？　ちゃんと見てたニャ？　ボクのナイフ捌《さば》き！」

「ああ、見てたよ。なかなかやるじゃないか」

「うニャー！　そうニャろそうニャろ？　ご主人は見る目があるニャー！」

俺が猫娘の頭をご褒美《ほうび》に撫《な》でてやると、嬉しそうに喉《のど》をゴロゴロ鳴らした。

すると、反対方向から、

「ディランさんっ！　私も私も！　大鴉《レイブン》をやっつけてやりましたよー！」

これまた身軽な壁役《タンク》であるティナが、胸をぶるんぶるん揺らしながら俺に駆け寄ってきたので、

「ああ、お前もなかなかやるじゃないか」

と、頭を撫でてやる。

「えへへー！　でしょでしょー⁉」

嬉しそうに体を揺するティナ。

二人とも身長が低いから、頭を撫でやすくていいな。

「それにしても」

と、ティナが訊《き》いてくる。

「ディランさん、どうして『呪われた地』に来たんですか？」

俺は周囲を見渡しながら答えた。

「ニャンニャンのシーフとしての実力を見るためと、調査だな」

「調査？　なんのニャ？」

「モンスターの強さが変わっていないか。低級以上のモンスターがここに現れていないかだ」

湿地帯には、モンスターの亡骸《なきがら》と、それらが消えて残った魔石がたくさん落ちていた。

ティナが思い出したように、人差し指を顎《あご》に置いた。

「あ、たまーに、『呪われた地』でも強いモンスターが出てくるって聞きますよね」

「その『たまに』の頻度《ひんど》が増えてないかを見に来たんだ。どれ――」

俺は手品で、本を一冊取り出した。

装丁《そうてい》が立派な古い本だ。いわゆる魔導書の類《たぐい》である。

ティナが驚いて声を上げた。

「うわ、魔導書だ！」

ニャンニャンも続く。

「ほんとニャ！　しかも見るからに高価そうなのニャ……！」

ページをめくりながら答えてやる。

「魔術師や魔法使いが研究した成果を記した魔導書は、値段もピンキリだが、これはお前たちの食費一年分くらいかな」

「それだけの金額を払う価値はあった、はずだ」

「「すごいっ!!」」

調べておいたページを開き、俺はさらに手品《マジック》で短魔杖《ワンド》を取り出した。

左手に魔導書、右手に短魔杖《ワンド》を持って、魔導書に記されている呪文を唱える。

「――我が身を包む神代《しんだい》の大気よ、この身に宿る現世《うつしよ》の血潮よ、ともに流れ、留《とど》まり、たゆたい、如何《いか》なるときも在《あ》り続ける祖の粒子よ――」

大賢者に転職したおかげで、唱える呪文も淀《よど》みがない。職業《ジョブ》が手助けしてくれるのだ。

俺は、魔導書に記されている呪文をさらに唱え続けていく。

塔で得られる職業《ジョブ》は、レベルが上がれば自動的に技能《スキル》を覚えるようになっている。

魔道士や僧侶なら魔法、戦士や武道家なら戦技や武技、といった具合に。

それらは、覚えるというより、リミッターを解除していく、と言ったほうが近いのかもしれない。

もともと、職業《ジョブ》という霊殻《れいかく》に備わっているスキルを、冒険者の霊的熟練度が上がって馴染《なじ》んだ結果、解放していくということだ。

レベル99ともなれば全解放といえるだろう。

だがそれは、『もともと職業《ジョブ》に備わっている機能』に過ぎない。

魔法は、この世界に、無限に存在する。

『魔道士』や『僧侶』、そして『賢者』といった一つの職業《ジョブ》に収まりきらないほどに。

だから、『魔道士』の技能《スキル》に組み込まれていない魔法は、いくらレベルを上げても覚えられない。

魔導書は、それを補完する形にも使われる。

レベルを上げただけでは覚えられない魔法を、魔導書によって覚えるのだ。

『大賢者』のレベルを最大限にまで上げても覚えられないであろう魔法を、俺は今、唱えていた。

「──ゆえに、その痕跡を、我が前に！」

呪文を唱え終えると、目の前に紫色の霧《きり》がかかった。この湿地帯全体を覆《おお》っているように見える。

「……なるほどな」

俺は頷《うなず》く。

これは、大気中に漂う魔素《まそ》に色をつけて、流れや性質をわかりやすくしたものだ。

この色、香り、そして流れ方。大賢者である俺は、職業《ジョブ》から伝わってきた感覚で、その意味をすべて理解した。このために、賢者へ転職することを決めたというのも、一割くらいはある。

ティナとニャンニャンが不思議そうな顔をして俺を見上げた。

「ディランさん？　どーしたんですか？」

「ご主人、何を見てるのかニャ？」

二人には、この紫色の霧は見えていないようだ。魔法の素養がある者でないと見えないのだろう。

「よくわかった。この『呪われた地』には、当分強いモンスターは出てこないだろう」

俺は、自分の足元へ視線を向けて、さらに目を凝《こ》らす。

大賢者である俺には、白い無数の川が視《み》える。それは、この土地の霊脈の流れだ。川の流れは不均等で、あちらこちらで途絶したり、かと思えば急に太くなったりする。

もっと深《もぐ》くまで視えるよう、意識を集中する。

霊脈を潜っていく。

無数の川は地下深くで、螺旋《らせん》のように渦を巻いている。

その渦に、外側から、何か黒い泥のようなものが入り込んでいた。

深く潜れば潜るほど、泥はドス黒くなっていく。

泥は渦を駆け上がるほど薄くなり、不安定な霊脈から溢《あふ》れ出していた。

俺は確信した。この泥こそが、モンスターだ。

霊脈が不安定な流れであるこの土地に、外側から泥が入り込み、表面に溢れ出し、モンスターとして出現しているのだ。

まだ上の方は泥が薄いから、弱いモンスターしか出てこないのだろう。

深部にあるドス黒い泥は、恐らく中位から上位のモンスター。昇ってくるまでにはまだ時間がありそうだが、

「だいたい、一年か……思ったより早いな」

即座に決断した俺は、大量に魔石をばらまいた。

隣で見ていたティナとニャンニャンが、「わぁ！　そんな無造作に!?」「ボボボボボクが三年かけて集めた魔石よりもっと多いニャ!?」と慌《あわ》てふためいている。二人の言う通り、かなりの出費になるが、仕方ない。

このままでは一年後に、凶悪なモンスターがここに出現してしまうのだから。

魔石を媒介《ばいかい》にして、呪文を唱え、外側から泥が入り込んでいた穴に障壁《しょうへき》を作り、蓋《ふた》をする。

いわゆる『結界』を張ったのだ。

これで、しばらく時間を稼《かせ》げるはずだ。

おそらく、五年から十年ほど。それより先は――。

「ディランさん？」

「ご主人？」

心配そうに俺を見上げてくる二人に、俺は微笑んだ。

「仕事は終わった。帰るか」

「えっ、終わったんですか？　あの大量の魔石はいったい……」

「ニャー。ご主人はボクらには見えないものを見てたのニャー」

「帰ってから説明するさ。──おっと、その前に」

俺は手品《マジック》で白い鳥を出した。鳩である。

クルッポー、と鳴く。

「わ、鳩！　可愛い！」

「んにゃー！　鳩ニャ！」

目をキラキラさせるティナと、何やらフーフー鼻息を荒くするニャンニャン。猫娘に鳩を見せるのは危険だったかも。

「よーしよし。またお前の出番だぜ、ハトミ」

鳩を撫でて、俺はそいつの足に手紙をくくりつけた。

「頼んだぜ。モンスターや猛禽類《もうきんるい》に気をつけてな。さぁ行け！」

ばさばさっ、と飛んでいく白い鳩。あいつには魔除《まよ》けと強化魔術も施《ほどこ》してあるから、まず無事に届けてくれることだろう。

「ディランさん、鳩も出せたんですね、すごい！」

「道化師《どうけし》だからな。基本だぜ」

「ハトミちゃんはどこに行ったんですか？」

「あぁ、ヴァンガーランド王都」

「王都⁉　こっからめちゃくちゃ遠いんじゃないですか⁉」

「ハトミなら大丈夫だ。それに鳩ってのは、案外遠くまで飛んでくれるもんだぜ」

「ひゃー、ハトミちゃんすごーい……！」

手でひさしを作って、空を飛ぶ鳩を見上げるティナ。

ニャンニャンが尋《たず》ねてくる。

「転移魔法屋の郵送サービスじゃいけなかったのニャ？」

「ああ。ちょっと普通のルートだと、届くかどうか不安でな。それに、検閲《けんえつ》だ何だと時間もかかりそうだし」

「検閲って……ディランさん、誰に手紙を送ったんです？」

「王様」

「は？」

「にゃ？」

「ヴァンガーランドの王様」

「なんですとおおおお⁉」

「にゃんだってえええええ⁉」

「そんなに驚くことじゃないだろ。これでも元『勇者』パーティの一人だぞ。王様にコネくらいある。道化師たるもの、王政府に気に入られなきゃならんしな」

「それは……そうかも……ですがっ！」

「王様に伝書鳩を送る道化師……いろいろめちゃくちゃニャ！」

ティナが訊いてくる。

「それで、手紙の内容は……？」

「んー。退職届？」

「は？」

「にゃ？」

「一応、王国連合所属の兵士って扱いだったからな。ライアスのバカが勝手に俺をクビにしたけど、あんなんちっとも有効じゃねぇ。だからこれで、正式に俺は勇者パーティのメンバーじゃなくなった」

ハトミが飛んでいった青い空を仰《あお》いで、俺は呟《つぶや》く。

「調査内容はしっかり届けた。これで義務は果たしたぜ、王様よ」

ティナとニャンニャンは、まだ信じられないという顔をしている。

「『勇者パーティ』って、王様って、伝書鳩で退職届って……」

「ご主人はいろいろとおかしいのニャ……」

「これで晴れて、塔攻略に行けるぞ。お前ら、気合い入れていけよ！」

「お、おーう！」

「にゃ、にゃおー！」

ロリ爆乳な戦士とシーフを引き連れて、大賢者になった遊び人は、バベルへと戻っていった。

◇◆◇◆◇◆◇◆

魔大陸。

〝大陸〟と呼称されているが、実はそれほど大きくはない。

ディランの故郷、ヴァンガーランドのある大陸の、五百分の一にも満たない面積である。

国土としては、ヴァンガーランド王国より、遥《はる》かに小さいだろう。

その中心、最も高い山の頂《いただき》に、魔王の棲《す》む居城――魔王城がある。

その、謁見《えっけん》の間にて。

玉座《ぎょくざ》に着くのは、魔王。

漆黒《しっこく》のローブに身を包み、ヒトならざるその姿は、実に凶々《まがまが》しい。

頭部は人間のそれに似てはいるが、肉体はモンスターのそれである。

玉座に座る魔王の前に、一人の男が跪《ひざまず》いていた。

大鷲《おおわし》と人間を掛け合わせたような男である。魔王軍の幹部だ。

旧大陸から訪れた『勇者』を自称する刺客《しかく》たちを撃退したものの、取り逃がしたその男に、魔王が問いかける。

「奇術師はどうした」

「誠に、誠に申し訳ございません。見失いました。どうやら、空間移動を使った模様です」

魔王の眉が、ぴくりと上がった。

それだけで、大鷲の男は恐怖に身体を固くした。額《ひたい》を流れる汗が先ほどからまるで止まらない。

恐るべき王が告げる。

「やつを徹底的に調べ上げよ。居場所を探れ。パーティを特定せよ。やつの言動、行動、癖《くせ》やルーティン、どんな小さな情報でも構わん。逐一《ちくいち》報告せよ」

「御意《ぎょい》！」

安堵《あんど》のため息をつく大鷲の男。

彼が、息を吸って、吐いた、その直後。

「――ワナグァールよ」

息が止まった。呼吸ができない。

魔王による威圧だった。

「次はないと思え」

顔を上げることすら恐ろしい。

「…………っ……はは…………！」

ワナグァールと呼ばれた幹部は、なんとか立ち上がり、一度も王の顔を見ることなく去っていった。

玉座の魔王は、思考を巡らせる。

――あの低レベルなパーティのなかで、奇術師だけは違った。

やつだけが、我らに届く爪《つめ》を持っていた。

爪を隠したまま、不利と見るや即座に撤退《てったい》した。その潔《いさぎよ》さ、切り替えの速さ、冷静さが気に食わん。

「道化師、ディラン・アルベルティーニ……」

王国連合など目ではない。

いま最も警戒すべき相手は、やつだ。

◇　◆　◇　◆　◇　◆　◇　◆　◇　◆

「ニャー！　ご主人！　これはいくらなんでも恥ずかしいニャ‼」

「いいから黙って踊りなさい」

「フニャー‼」

その元道化師は、ロリ爆乳猫娘に『踊り子の布』をつけさせて、ほぼ全裸で踊らせていた。

「ニャ――――――ス‼」

「これも修行だから。いいか、武《ぶ》と舞《ぶ》は繋《つな》がっていると俺は考えていて――」

ディランの屋敷にて、女の子の叫び声が、朝まで響いていた。

遊び人が、パーティの女の子二人に、『踊り子の布』をつけさせたまま夜戦に及んだのは、ここだけの秘密である。

17 遊び人、三階へ行く。

天衡塔《てんしょうとう》バベル。

二階。

俺たちパーティは、塔の攻略に来た。

「今日は、一日で登れるところまで行くぞ」

「はーい！」

「はいニャ！」

「ニャンニャン、地図作成《マッピング》を頼む」

「了解ニャー」

その場に座り込み、ペンと紙を取り出して、瞑想《めいそう》を始めるニャンニャン。

やがて「カッ！」と目を開くと、うにゃにゃにゃ、と紙に線を描いていく。

そして出来上がった地図を片手に立ち上がって叫ぶ。

「出来たニャ！」

「サンキューサンキューよくやった」

体中で「褒《ほ》めてください」オーラを出している猫娘の頭と顎《あご》を撫《な》でてやる。

地図は、ところどころ虫食いはあるものの、三階への階段まではバッチリ描かれていた。

「よし。じゃあ進もう。先頭はシーフのニャンニャン。罠《わな》やモンスターに注意してくれ」

「にゃ！」

「ニャンニャンの後ろにティナ。モンスターが出てきたら、ニャンニャンとすぐにスイッチして前に出てくれ」

「わかりました！」

「俺は最後尾につくけど、あまりにも強力なモンスターが出てきたら俺がやるから、二人は下がるように。では前進！」

「了解！」

二階は単純な迷路になっていた。

地図通りに進む俺たちの前に、低級モンスターどもが現れる。

「にゃ！　前方にスライム！　三匹ニャ！」

「他にモンスターは？」

「匂《にお》いなし！」

「ティナ、スイッチして前に。ニャンニャン、横から攻撃して三匹とも倒せ。二人で連携《れんけい》することを意識してくれ」

「了解！」

　俺の指示通り、ニャンニャンが下がり、ティナが前に出た。

　スライムは「ぴー」だの「きゃー」だの鳴き声を上げつつ、ぷにょんぷにょん跳ねながらティナに襲いかかる。

　スライムの動きとティナの胸の動きが同じに見えたのは気のせいだと思う。

　ティナは衝撃に備えるように、大盾《おおだて》を構えた。スライムが体当たりをしてきたのに合わせて、盾を突き出す。

「はっ！」

　上手《うま》い。わずかな動きで最大の効果。スライムが突き出された大盾にぺちょおっと広がって、弾《はじ》け飛んだ。一匹撃破。

　残る二匹がティナの右側から迫る。右手に長剣を装備しているティナだが、振るう必要はなさそうだ。

　影のように身を低くして走り込んでいたニャンニャンが、逆にスライムへ襲いかかったからだ。双剣が閃《ひらめ》く。

「シッ！」

　速い。ニャンニャンは二匹のスライムを瞬《またた》く間に真っ二つにすると、再びティナの後ろに戻った。

ティナも、スライムが倒されたことを確認しつつ、周囲警戒に移っている。

俺は頷《うなず》いた。

「うん。見事だ、二人とも」

「このくらい当然ですっ！」

「にゃっははは！　当然ニャっ！」

えっへん、と二人して小さいくせに大きな胸を張った。よしよし、と俺は撫でてやる。もちろん、頭をな。

「基本の動きの確認はできたな。ニャンニャン、ティナは〝動く壁役《タンク》〟だから、あまり一箇所に留《とど》まらない。めんどくさいかもしれないが、こいつを上手く盾役に使ってくれ」

「はいニャ！」

「ごめんねーニャンニャン……」

申し訳なさそうに謝るティナに、ニャンニャンは笑う。

「気にするニャ！　前に出て攻撃を抑えてくれるだけでもありがたいニャ！　それに、動く壁役《タンク》って、なんだか面白いニャ！」

「ニャンニャンありがとぉ〜！」

猫娘にぎゅうっと抱きつくティナ。ニャンニャンも、嬉しそうである。

ロリ爆乳百合《ユリ》、いいですネ。

とか思いつつ、フォローしとく。

「壁役《タンク》が動けることには、メリットもある。シーフや魔道士がダメージを負って動けないときに、壁役《タンク》が自分からカバーに入れるしな」

「そうです！　二人がピンチのときは駆けつけますから！」

「うんうん、そのときはよろしくニャ〜」

「わひゃっ！　ニャンニャンくすぐったいよぉ〜」

猫娘がちび戦士のほっぺたをちゅーしている。ロリ爆乳百合、眼福《がんぷく》ですネ。

「じゃ、進むぞ」

「「はい」ニャ‼」

ティナとニャンニャンが、スライム分の魔石を拾って俺に渡す。俺は受け取ったそれらを手品《マジック》で虚空《こくう》に収納すると、再び前進を指示した。


バベル・三階。

小部屋に、宝箱があった。

「ニャンニャン、頼めるか？」

「はいニャ！」

宝箱は、鍵《かぎ》がかかっているだけではなく、様々な罠が仕掛けられている。シーフのスキルは必須《ひっす》だ。

ニャンニャンが座り込んで解除にかかるが……。

「んニャ？　三階の宝箱にしては仕掛《しか》けが厄介だニャ……。鍵穴に毒針、開けたら毒ガス、爆発物、さらにモンスタートラップ……？　多すぎニャ……」

「平気か？」

「問題ないニャ。多少厄介でもボクの手にかかれば…………あ」

かちり。

ニャンニャンが呟《つぶや》くと同時に宝箱の奥から音がした。何かのスイッチが入ったような音だ。

彼女は宝箱に手を突っ込んで現状を保ちながら、顔だけ後ろにそらして俺に叫ぶ。

「しまったニャ！　モンスタートラップ！　ご主人、モンスターが来るニャ！」

「モンスターが来る方向と、だいたいの数はわかるか？」

淡々と尋《たず》ねる俺に、ニャンニャンは、鼻と耳を動かした。

「えっと……後方だいたい百メートルから接近する足音ありニャ！　けっこうたくさん、二十匹くらい！　四本足の……狼《おおかみ》系のやつと、ヒタヒタ裸足《はだし》のこれは――ゴブリン系っぽいニャ！」

「了解だ。宝箱は開けられそうか？」

「ニャ！　もう少しで終わるけど⁉」

「じゃあそのまま解除に専念してくれ。モンスターは俺とティナで請《う》け負う。また変化があったら報告よろしく」

「わかったニャ！　ごめんニャけど、そっちは任《まか》せたニャ！」

話を聞いていたティナが、俺を見る。

「ディランさん、前に出ます！」

「ああ、けどその前に」

俺はティナに跪《ひざまず》いて、その手を取って、キスをした。

「ぴゃっ！！？？」

「踊りませんか？」

返事を待たずに、ティナの手と腰を持って、身体を寄せた。

――道化師《どうけし》スキル、舞踏《ダンス》！

ティナをリードして、俺は踊り始める。

直後、二人の周囲に光の粒子が舞い始めた。

低級モンスターとはいえ、敵が二十匹だと、万が一ってこともある。特にティナとニャンニャンは。

だから、ティナに補助魔法をかけることにしたのだ。

「わっ……うん！　たんたたーん、ひゅっ、ばばっ、らたたーん♪」

最初は戸惑《とまど》っていたティナも、すぐに俺の動きに合わせてきた。俺の動きを妨《さまた》げないよう、俺のリードに従って、踊っている。

『踊り子の布』で踊らせた甲斐《かい》があったというものだ。

「ディランさんっ！」

「どうかしたかい、お嬢さん？」

「私っ、やっぱりディランさんと冒険するの、大好きですっ！」

俺は、ティナの腰をぐっと引き寄せる。

キープの姿勢、ゼロ距離まで近づく顔と顔。

目をキラキラさせる彼女に、俺はそっとキスをした。

「これからもっと、楽しくなるぜ？」

「〰〰っ！　はいっ‼」

――ゴブウウウウ！

――わぉぉぉおおん！

やってきたモンスターどもへ目を移し、俺は言う。

「さくっと片づけるぞ、ティナ」

「任せてくださいっ‼」

18 遊び人、十階へ行く。

モンスターどもが部屋に侵入してくる。

ニャンニャンの言う通り、ゴブリンと狼《おおかみ》の魔物の混成集団だ。

先頭は狼の魔物、赤い毛並みのブラッディウルフ。

数は……六、いや七。

その背後、遅れて到着しそうなゴブリンどもは十数匹。手には棍棒《こんぼう》やら石斧《いしおの》やら。弓を持ってるやつもいる。ティナの装備は貫《つらぬ》けないだろうし、生身の部分に当たっても、職業《ジョブ》の加護で致命傷にはならない。そも、いまのティナに当たるはずもないか。俺？　眉間《みけん》に当たっても無傷だね。

さて、まずは先頭のブラッディウルフ七匹。

赤い狼が、小さな女の子――戦士のティナに殺到する。

大盾《おおだて》を構えて待ち受けるティナに、狼たちが一斉に喰らいついた。

――きゃうんっ⁉

その一合で、ブラッディウルフの数が五匹に減った。二匹死んだのだ。

上がった鳴き声は一つ。ティナの大盾に殴《なぐ》られて吹っ飛んでいったやつだ。哀《あわ》れ、俺の舞踏《ダンス》によってパワーアップしているレベル12戦士にぶん殴られたブラッディウルフは、一瞬で頭蓋《ずがい》を粉々にされて即死した。

ティナの右手に持った長剣は、頭を狙《ねら》いにきたブラッディウルフの口腔《こうこう》を貫いて尻から飛び出て、高々と掲《かか》げられた。ティナの右・籠手《ガントレット》が、狼の口に半分ほど入っている。

ぶんっ、と右手を恐るべき速さで振るい、長剣から狼を払い飛ばした。狼の死骸《しがい》は小部屋の壁に激突して潰《つぶ》れ、やがて霧《きり》となって魔石を落とす。

ティナの両足首や左肩、脇腹にも狼が噛みついている。うー、うー、唸《うな》りながら、若い女の血肉を喰らおうと、四本の足を器用に使ってティナの身体に纏《まと》わりつく。

だがティナはまったく怯《ひる》まないし、それどころか動きもしない。子犬にじゃれつかれているみたいだ。

狼の牙《きば》を上手《うま》く鎧《よろい》や鎖帷子《くさりかたびら》に噛みつかせたティナは、右手の長剣で一匹ずつ丁寧《ていねい》に、それでいて素早く首を切り離していく。

狼どもは、鎧に噛みついた牙が抜けずに、ほとんど何の抵抗もできないまま絶命していった。

――ボブウウウ！

そこへ、ゴブリンどもの矢が三つほど飛んできた。ティナは首を捻《ひね》りつつ、長剣で矢を叩き落とす。

棍棒と石斧を持ったゴブリンどもが突撃してくる。数は十。その後ろに弓のゴブリンが三。ティナが、ちらりと俺を見た。

俺は右方向に目を向ける。ちなみに、俺の背後にはニャンニャンがいる。

頷《うなず》いたティナが、鎧に噛みついたままの狼の首をそのままに、思いっきり右方向へ跳躍した。

「わわっ⁉」

驚いたような声を上げるティナ。ああ、舞踏《ダンス》による身体能力強化にびっくりしたのか。しかしいい声だ。囮《おとり》になる。

壁に激突しそうになるのを、器用に身体を捻って、壁に足をつけて着地した。猫……いや蜘《ぐ》蛛《も》みたいなやつだな。

ゴブリンどもはティナに気を取られて、俺から見て右を向いている。

道化師を前によそ見をするとは、失礼な客だ。

もっともいまは、大賢者だけどな。

「小火灯《ファイアーライト》」

俺の人差し指から、人間をまるごと覆い尽くせそうなほどの火球が放たれた。よそ見をしているゴブリンどもに向かって。

悲鳴をあげる暇《ひま》すらなく、火球は直撃。ゴブリンども数匹を灰にした。石斧を持ったやつらは全滅だ。

棍棒ゴブリンどもが怒り、喚《わめ》きながら俺に向かってくる。その後ろでは弓ゴブリンどもが矢をつがえていたが、

「ふっ！」

跳躍したティナが、その脳天に長剣を振り下ろした。胴体あたりで剣は止まり、戦士はゴブリンの死体に足をかけて無造作に剣を抜く。

振り返った棍棒ゴブリンが、ティナの足に向けて棍棒を振るった。もう一匹はティナの顔に飛びついてくる。ティナは身体が小さい。押し倒してしまえば勝てると踏んだのだろう。ゴブリンがよくやる戦い方だ。しかし、

「――――」

ティナはびくともしなかった。足鎧に当たった棍棒は折れ曲がり、顔に飛びついたゴブリンの陰から、ティナの獲物《えもの》を睨《にら》む恐るべき眼光が光って見えた。

――ひ。

顔に張りついていたゴブリンが恐怖の声を漏《も》らす。その直後、そいつの首に、大盾の先端が突き刺さって延髄《えんずい》を破壊。絶命させた。

懲《こ》りずに足首を噛みついてきたゴブリンの顔に、ティナが足を振《と》り下ろす。地団駄《じだんだ》を踏む女の子のような仕草だが、その靴底の下には、踏み潰されて原型を留めないゴブリンの頭があっ

た。

残った弓と棍棒のゴブリンが、背を向けて逃げ出したのを、俺が後ろから投げトランプで仕《し》留《と》めて終了。魔石は一つも漏らさない。

周辺を警戒し終わったティナが、

「やりました、ディランさ――――んっ！」

と嬉しそうに跳ねながら走ってきたので、

「おう、ご苦労さん。いい動きだったぜ」

俺は彼女を抱き留めて、体力回復のダンスを一緒に踊ってやった。ご褒美《ほうび》だ。

部屋に、幻想の花畑が生まれ、宝箱の罠《わな》を解除し終わったらしいニャンニャンが、仲間に入りたそうにこちらを見ていた。

「うーん、さすが二人とも！　余裕だったみたいだニャ！」

「ディランさんの舞踏《ダンス》のおかげだよーらったったー♪」

「ニャー！　ボクも踊るニャー！」

「ははっ、おいで、お嬢さん♪」

「ご主人大好きニャー！」

ロリ爆乳美少女と、代わる代わる踊る俺であった。

◇◆◇◆◇◆◇◆◇◆

宝箱に入っていたのは、魔法の収納袋だった。

不思議な文様の施《ほどこ》された袋を掲《かか》げて、ティナが叫ぶ。

「わー！　三階でこんなレアアイテムが出てくるなんて！」

「道理であんなに罠が仕掛けてあったのニャ……」

「これもティナの幸運値がEXなせいかもな……」

俺とニャンニャンが横目でティナを見る。

「せいってなんですか、せいって！　おかげって言ってくださいっ！」

うんざりした顔を作ってニャンニャンが、

「セイ、にゃーお」

俺が応《こた》える。

「にゃーお」

「セイ、にゃおにゃお」

「にゃおにゃお」

「二人で歌わないでくださーい！」

ティナが怒った振りをして、三人で笑った。楽しい。パーティはこうでなくっちゃな。

収納袋はひとまずティナに渡しておく。

「次に見つけたらニャンニャンのだな」

「んにゃあ。ご主人が人間収納袋だから、別にいらにゃいんだけどニャ」

「人間収納袋って言うな」

勇者パーティで荷物持ちさせられてたことを思い出して泣くぞ。いや、そんなに辛《つら》くはなかったけど。

魔石を拾い終わったティナが、

「ディランさんのおかげで、ポーションもエーテルポーション（ＭＰ回復薬）も使いませんし、ほんと便利ですよね」

「便利って言うな。まぁ道化師ってのはそういう職業《ジョブ》だ。舞踏《ダンス》でＨＰもＭＰも回復できるからな。俺と一緒に踊れば、だけど」

「ディランさんとなら、舞踏《ダンス》の効果がなくっても、みんな踊りたいですよ！」

「そうニャそうニャ！」

「そうじゃないやつもいてな……」

と、魔法の勇者アイーザを思い出したら、

「ディランさん、昔の女を思い出すのは禁止です！」

「ニャ！　今の女を見るのニャ！」

二人してぐっと顔を近づけてきた。

「わかったわかった。君たちカンがいいね？」

「わかればいいのです」

「わかればいいニャ」

うんうんと頷く仲間たち。

「あ」

ティナが長剣を見て、ため息をつく。

「刃こぼれが多くなってきました」

「今度、ボクがティナの分も創るニャ」

「本当っ!?　ありがとうニャンニャン！」

「いいってことニャ！」

きゃっきゃと笑う二人。ニャンニャンは俺を見て、

「ご主人の夜月刀《やげつとう》も、あとで強化するニャ！」

「おお、頼むぜ」

鍛冶獣人《アニマスミス》に創ってもらった武器は、魔石やアイテムを使って強化できるのだ。また強くなるぜ。

「うし、休憩終わりだ。進むぞ」

「「はーい！」」

◇◆◇◆◇◆◇◆◇◆

三時間後。

俺たちは、天衝塔バベルの十階にまで登っていた。

塔の中だというのに、目の前には草原と森が広がっている。

地図を描いたニャンニャンが、森を指差した。

「あそこに階段があるニャ」

「じゃ、ボスもいるな」

塔では、十階ごとにボスと呼ばれる強個体が出現する。スルーもできるが、大抵は階段の前に陣取っている。

塔と同じように、ボスも一定時間で個体が変化する。ま、どんなモンスターがこようが、俺たちの敵じゃない。……多分な。

ティナが手を挙げて叫んだ。

「よーし、じゃあ行きましょーう！」

「行くニャー！」

「ういうい」

元気な女子二人とともに、俺は森へ向けて歩みを進めた。

19 遊び人、触手プレイの扉を開ける。

森に入ってすぐ、モンスターを発見した。

先頭のニャンニャンが、手で俺たちに「止まれ、しゃがめ」と指示をする。

それから彼女は振り返って、ひそひそと声を潜《ひそ》めた。

「……あの木を見るニャ」

俺は頷《うなず》いて、こちらも声を潜めつつ応《こた》えた。

「ん……。ああ、『食人木《しょくじんぼく》』か。よくわかったな、さすがだ」

正面からやや右手に、一見しただけではそうとわからないほど上手《うま》く擬態《ぎたい》された、木のようなモンスターが立っている。

ティナが感心したように眉を上げた。

「すごい……ぜんぜんわかんない！」

「木の根っこを見てみろ。触手みたいなのが、ちょっとだけウネウネ動いてるだろ？」

じーっとティナが目を細める。

「わっ、本当だ！　きもーい！」

「アレに捕まると、えっちな目に遭《あ》うから気をつけろ」

「えっ、そうなんですか⁉」

「男も女もな」

「えっ⁉　……それってまるで、触手プレイってやつみたいですね」

「阿呆《あほ》か」

鼻で笑いつつ、ティナとニャンニャンの二人が食人木に捕まったところを想像してみる。

空中で逆さに吊られ、鎧《よろい》と服と下着を剝《は》がされ、爆乳はおろか下半身まで丸裸になって、触手がウネウネとおっぱいを……。

「……ディランさん？　なんで急に黙ってるんですか？　ひょっとして……？」

「ご、ご主人？　そんにゃ趣味があるのかニャ……？」

少女たちが顔を赤くするのを見て、俺はふっと笑う。

「悪くないな」

「悪いですー！　もう、ディランさんのえっちー！」

「にゃー！　ボクでえっちなことを考えられるの、思ったより恥ずかしいニャー！」

「冗談だ。妄想《もうそう》のお礼に、アレは俺が倒してこよう、お嬢さんたち☆」

きらんっ、と遊び人スマイルをしてみた。これでイチコロのはず。

しかし二人は、うう、と顔を赤くしたまま、

「妄想のお詫《わ》びじゃなくてお礼ってところに、ディランさんの人としての最低っぷりが出ていますね……」

「遊び人は最低ニャ……。どうしてこんな男を好きになってしまったのかニャ……」

「「ねー」」

なんか意気投合してるし。

「仲良きことは美しきかな。じゃ、待ってな」

「共通の敵がいるとも言います」

「いってらっしゃいニャ、ご主人。どぎつい触手プレイを期待してるニャ」

期待すんな。

俺は立ち上がり、食人木に気づいていない振りをしながら、ゆっくりと近づいていった。

「ふんふふーん♪　いやぁ、空気が美味《おい》しいなぁ」

背筋を伸ばすように両手を上げた。

直後、地面がボコボコと蛇のように動く。かと思えば、
どばあっ！

地面から木の根が飛び出してきた。そう、触手だ。

食人木の幹から、大きな目がぱちくりと縦《たて》に開く。正体を現した。

一瞬早く横に跳んで回避していた俺は、左手でシルクハットを押さえつつ、右手の人差し指を突き出した。

ご存じ、魔道士の基本魔法――

「小火灯《ファイアーライト》」

人間大サイズの、とても最下級とは思えないほどの火球が生まれる。

しかし、さすが十階のモンスター。対抗策はあるようだ。

ばばばっ、と木の根っこが立ち上がり、食人木の前に壁を作りだす。このまま撃っても防がれるだろう。

食人木の目がにぃっと笑う。それを見て俺も笑う。

思った通り。

壁になった木の根っこが、そのまま倒れてくる。逃げ場はないように見えるだろう。

ずずん、と根っこの壁が地面に倒れた。地響きが鳴り、土煙が起こる。なかなか強烈な攻撃だ――というのを、俺は空から眺めていた。

先ほど、鼻歌交じりに両手を上げた際に、トランプを頭上に飛ばしていたのだ。

道化師《どうけし》スキルの入れ替え手品《マジック》で、自分の位置とトランプの位置を入れ替えた俺は、食人木の頭に向けて、もう一度指をさす。

「小火灯《ファイアーライト》」

どんっ！

食人木は、何が起きたかわからなかっただろう。俺の魔法の直撃を受けて、一瞬で燃え上がり、そして灰となって、魔石を残して消え去った。

別に手品《マジック》を使わなくても倒せたが、使ったほうが楽しいのである。

「さすがです、ディランさんっ！」

「やっぱりご主人は強いニャっ！」

わーい、と茂みから出てきた二人に称賛《しょうさん》されつつ、俺は魔石を回収した。

手品《マジック》で魔石を虚空《こくう》にしまうと、ティナとニャンニャンは何やらもじもじして恥ずかしそうに、上目遣《うわめづか》いで俺に囁《ささや》く。え、なに？

「あの……ディランさんが助けてくれるなら、あと他に誰もいないなら、触手プレイ……ディランさんがどうしてもと言うなら、やぶさかではないですよ……？」

「にゃ……ボクも……ティナと一緒なら、いいニャよ……？」

…………。

ちょっと真面目《まじめ》に検討してしまった。俺の中の男の部分がかなり揺るがされてしまった。

「バカ言うな。仲間をそんな危険な目に遭わせられないだろ？」

なんとか道化師《どうけし》スマイルを作ることができた俺は、そう言って誤魔化した。

ティナとニャンニャンは、ホッとしたような、ちょっとだけ残念そうな顔をして、頷く。え、残念そうな……？

「……。先へ進もう。気を引き締めてな」

「は、はーい！」

「にゃ、なおーう！」

なにこの空気。

その後も、出てきた食人木を、俺たちは倒していった。

壁役《タンク》であるティナが前に立ち、食人木の触手を一手に引き受ける。

大盾《おおだて》を、お腹《なか》を、太ももを、腕を、触手がぎりぎりと絞めていくが、ティナはびくともしない。首だけは巻かれないよう長剣を添えているから、隙《すき》もない。持ち上げようとする食人木と、パワーで拮抗《きっこう》している。

ちら、とティナが、俺を見た。なにか期待するような色が入っていたのは、気のせいだと思う。「このまま抵抗しないほうがいいですか？」とか言いたげに見えたのは、見間違いだと俺は信じる。

モンスターの攻撃をティナが受け止めている間に、接近したニャンニャンが、食人木の弱点である目を双剣で穿《うが》った。

じたばたと苦しそうに触手を振り回す食人木。

ニャンニャンが、ちら、とこちらを見た。なんだかやっぱり、「あえて攻撃に当たってみるかニャ？　アーマーブレイクかニャ？」みたいな期待の籠《こ》もる眼差《まなざ》しだったのは気のせいだと信じたい。どうか信じさせて。

やがて五匹目の食人木を倒し、俺たちは大量の魔石を手に入れた。

「順調だな！」

「はい！　順調ですね！　…………順調に終わりましたね」

「とっても順調ニャ！　…………何事もなかったニャ」

爆乳少女たちが、小さい声で残念そうに呟《つぶや》くのは、聞こえなかったふりをした。

20　遊び人、レベルアップする。

森を分け入っていく。

ニャンニャンが先頭、ティナと俺が後に続く。

またもニャンニャンが敵を発見した。

茶色い体皮の大蛇《だいじゃ》――ポイズンパイソンだ。名前の通り毒を持つ。草むらでじっと獲物《えもの》が来るのを待っていた。

さらに頭上、太い木の上に、三匹の白と茶色の毛に覆《おお》われた猿型のモンスター、ダダモンキーがいた。

先制攻撃――とはいかなかった。こちらが発見すると同時、敵もこちらに気づいたのだ。

「見つかったニャ！」

「戦闘準備！　ティナ、前へ。ポイズンパイソンの毒に気をつけつつ排除。ニャンニャンは横から猿どもを殺してこい。俺はティナの背後から行く」

「わかりましたっ！」

「了解ニャ！」

　ポイズンパイソンが地面を滑るように接近してくる。

　後退したニャンニャンと入れ替わり、ティナが大盾《おおだて》を構えながら前に出た。

　──シャーッ！

　恐ろしい速度で蛇が飛ぶ。しかし、ティナは正確に大盾を動かして、それを受け止めると、

「でぇい！」

　大盾の面を下に向けて、ポイズンパイソンごと一気に地面へ叩きつけた。

　大蛇から「ぴぎゃ」という声が漏《も》れたときにはもう、ティナは右手で抜いた長剣を、蛇の頭へずどんと突き下ろしていた。見事。教えた通りにできたようだ。

　ポイズンパイソンを難なく屠《ほふ》ったティナの上から、三匹のダダモンキーが強襲してくる。人間の成人より一回りほど小さい体格だが、その筋力は桁違《けたちが》いである。

「ティナ、上だ！　防御姿勢！」

　見えてはいただろうが、声をかけることに意味がある。そうすることで、彼女は迷いなく壁役《タンク》の役割を果たせるし、俺がカバーに入っていることも認識できる。

　右手の長剣を逆手《さかて》に持ち直したティナは、両手で大盾を担《かつ》いだ。ダダモンキー三匹の体重と速度を乗せた攻撃が来る。

　どんっ！

ただの人間がまともに喰らえばぺちゃんこに潰《つぶ》されてたであろう三匹の攻撃を、しかしティナはがっちりと受け止めていた。

彼女の足下の地面がわずかに凹《へこ》み、大盾を三匹のモンスターが踏んづけている。低身長の女の子に、猿型モンスターが三匹も乗っかっている光景は、見るからに重そうで無茶だ。だが、ティナはにやりと笑っていた。

ダダモンキーどもが苛立《いらだ》ちの声を上げながら、大盾を蹴ろうとするが、それは叶《かな》わない。

光の帯を纏《まと》った俺が、踊りながらそいつらの首を夜月刀《やげつとう》で薙《な》いだからである。

道化師《どうけし》スキル・舞踏《ダンス》――『剣《つるぎ》の舞《まい》』。

――??

自分たちの横をオーロラが通り過ぎ、不思議そうな顔で俺を見る二匹のダダモンキー。そいつらの首が、ぐるりと横に一回転して、そのまま地面へと落ちていった。

残る一匹は、

「シャッ！」

サイドから接近したニャンニャンが、双剣で喉《のど》と心臓を同時に突いて、絶命させた。こちらも見事な手際《てぎわ》だ。

モンスターが魔石になったのを確認して、俺は二人へ頷《うなず》いた。

「うん。危なげないいな」

ティナとニャンニャンが嬉しそうにはしゃぐ。

「わっ、やりました！　私、蛇系モンスター倒せたの初めてですっ！」

「やったニャ！　ダダモンキーはいつも苦戦してたのに、こんなにあっさり倒せちゃったニャー！」

「お見事だ、二人とも」

「ディランさんがモンスターごとの対策を教えてくれたからですー！」

「にゃ！　ご主人の指導と指示は的確なのニャー！」

「お前たちが俺の言うことをきちんと聞いていたからさ」

すべて俺が倒すのは簡単だ。だがそれでは、二人の経験にならない。経験値を稼《かせ》がなければ、レベルアップもしない。それは良くない。

俺はパーティの仲間を育てる。それがリーダーの仕事だろう。

それに、戦ってみてわかった。ティナとニャンニャンには、素質がある。出会ったころの『赫灼王《かくしやくおう》』のやつらを思い出すぜ。

と、俺たち三人の冒険者証《ライセンス》が光った。

レベルアップしたのだ。

「やった！　レベル13になりました！　戦士スキルの強撃《アタツク》も覚えました！　これで、鉄壁《ガード》、突撃《チャージ》、強撃《アタツク》が使えます！」

「ボクはレベル16ニャ！　宝探しのスキルが上がったニャ！」

「俺はレベル7だな。いくつか新しく魔法も覚えたか」

「ディランさん、もうレベル7ですか⁉　速すぎませんか⁉」

「普通だろ。モンスターハウスとか宝箱の罠《わな》でたくさんモンスター倒したし、十階は経験値高いし」

「あのレベルでモンスターハウスを殲滅《せんめつ》するのは普通じゃないです！　断じて！」

「ご主人は普通から最も遠い人種だと思うニャ！　凄《すさ》まじいニャ！」

　俺は脳内にステータスを表示させて、覚えた魔法を確認する。

「魔道士の閃煌線《パイロ・レイ》と、僧侶の幻惑《ダズル》を使えるようになったな。後者は舞踏《ダンス》でも代用できてたけど、前者は攻撃魔法だな。楽しみだ」

「僧侶と魔道士の魔法を同時に覚えているなんて……！　ディランさんやっぱり凄《すご》いですー！」

「大賢者ってだけで反則にゃのに、ご主人はそのうえ道化師のスキルも使えるからニャ。まさにチートにゃ。チーターにゃ！」

「猫娘にチーターと言われると不思議な気分になるな。チーターもネコ科だし」

「そのチーターじゃないニャ！」

　だよね。

「じゃ、この調子で進むぞ。油断するな」

「はいです！」

「はいニャ！」

◇　◆　◇　◆　◇　◆　◇　◆　◇　◆

数日前。

ヴァンガーランド城。

謁見《えっけん》の間。

玉座《ぎょくざ》に座るヴァンガーランド王・デオドリックの前に、二人の女が引き出されていた。

引き出された、と記したのは、その二人が犯罪者として捕縛《ほばく》されたからである。

そう、魔法の勇者アイーザと、聖法の勇者ミルスの二人だ。

「…………」

跪《ひざまず》く彼女ら二人を見て、王は密《ひそ》かにため息をついた。

即位前は、王国軍の総将軍を務めていた戦士であるヴァンガーランド王は、五十代半ばを過ぎているとは思えないほど、見た目も若く、精悍《せいかん》であった。

勇者支援組織から、ライアス率いる勇者パーティが魔大陸から撤退《てったい》し、支援組織にも戻らずに身を潜《ひそ》めていたという報告は、すでに受けている。

双眸《そうぼう》をすっと細めて、デオドリック王が二人に尋《たず》ねる。

「ディランとライアスは、どうした」

アイーザが弾《はじ》かれたように顔を上げる。

「お聞きください、陛下《へいか》。あの二人は逃げたのです！　遊び人ディランが独断で転移結晶を使用して魔大陸から我らを道連れに逃亡し、剣撃の勇者ライアスはその処分としてディランを追放いたしました。その後、再び魔王を倒しに行くと主張した剣撃の勇者は、私どもが止める声も聞かず、翌朝いなくなっていました。魔王を倒しに行くというのは方便！　剣撃は、処罰を恐れて逃げ出したのです。そうに決まっています！」

「…………ほう？」

「魔大陸からの撤退を行ったのは遊び人ディラン！　我らは転移結晶により巻き込まれたのです！　やつめに転移結晶を持たせた剣撃のライアスの失態です！　そしてライアスは、軍規を無視して遊び人を追放し、自《みずか》らも逃亡いたしました！　我らはもちろん止めましたが、愚かな剣撃と遊び人は、聞く耳を持たなかったのです！」

「ライアスが逃亡してから数日が経過していた。そなたらは、なぜすぐ報告しに来なかったのだ」

「ライアスを探していたのです！」

「なるほどな……」

ふう、とため息をつき、王は思う。

――ディランが撤退の決断をしたとなれば、相手はそれほどの強敵だったのだろう。

「ミルスの報告によれば、魔大陸での戦闘は、敵幹部に聖剣を折られ、部隊は満身創痍《まんしんそうい》、全滅は必至であったとある。報告には昇天聖法を使えばあるいは、とあるが、この状況から考える限り、たとえ使えたとしても、戦況が覆《くつがえ》るとは思えん。であれば、ディランの判断も妥当《だとう》であったと言えるだろう」

「なっ……！」

アイーザが、信じられないといった具合に声を上げた。そうして隣で同じように跪いているミルスを睨《にら》む。彼女がそう報告したのを、知らなかったのであろう。

「であれば、ディランの追放は不当性を増すな。パーティの危機を救った仲間を、貴様たちは断罪したのだ」

「わっ、私たちは――！」

「黙れ。止めなかった時点で同罪である。おおかた、これ幸いにとライアスの独断を看過《かんか》していたのであろう」

「そんなことは――」

否定しようとしたアイーザに割り込んで、ミルスが言う。

「その通りでございます、デオドリック王」

「ア、アンタ何言ってんのよ⁉」

「ライアス様、アイーザ様、そして私ミルスの過《あやま》ちにございます。王国連合には、そうお伝えくださいませ」

ミルスの言葉に、王の眉がぴくりと動く。

この二人は、ヴァンガーランドの生まれではない。国籍も違う。

所属はあくまでも王国連合にあり、いまこうしているのも、ヴァンガーランドに勇者支援組織の本拠地があり、また王都で法を犯《おか》したからである。

ゆえに、魔大陸からの撤退、および報告義務違反による処分を下すのはあくまでも王国連合であり、連合の一国にすぎないヴァンガーランド王にその権利はない、と言っているのだった。

それを読み取れなかったアイーザが狼狽《ろうばい》して叫ぶ。

「なっ、バ、バカじゃないの⁉　違うわ、違います、王！　私は無実です！　私は悪くな――」

「黙れ、二人ともだ」

「っ！　ぐぅ……！」

「…………」

悔しそうに顔を歪《ゆが》めているアイーザと、無表情なミルスが、頭を下げる。

それを見て、デオドリック王は自《みずか》らの懸念《けねん》が的中してしまったことを悟った。

『勇者』パーティは、とうの昔に瓦解《がかい》していたのだ。

そうして呟《つぶや》く。

「……やつを〝勇者〟としていれば、こんなことにはならなかったのかもしれんな。やはりリーダーにはディランを据《す》えるべきだったのだ……。連合のアホどもめ……」

王国連合は、その名の通り複数の王国からなる連合組織だ。

魔大陸に棲《す》む魔王に対抗するため、結成された。

勇者パーティ選別や、人事、兵站《へいたん》の補給など、各国が連携《れんけい》して行われる。

決定権は国王会議にあり、過半数の賛成が必要となる。

多数決の世界だ。

そのため、ヴァンガーランド王の主張は、しばしば退けられることがある。

利権などが複雑に絡《から》み合った国王会議では、ディランの有用性をいくら説いても、効果は芳《かんば》しくなかった。

やつらは、魔王討伐《とうばつ》よりも、自国がどれだけ有利になるかを考えている。腹の底では、魔王はこのまま滅ぼさない方が良い、と考えている者さえいる。

それは、一国の王としては正しいのだろう。

だがそれでは。

――なんのための連合か。

ミルスが言った。

「デオドリック王、恐れながら発言をご許可ください」

「なにか」

「私に、ラウンティスへ戻る機会をお与えください」

それは、ミルスが信仰し、世界中に信者のいる巨大宗教団体『モンテ教』の本拠地がある、王国連合の一国である。

アイーザが怒気をはらんだ声で、

「アンタ！　自分だけ逃げようっての⁉　陛下、それなら私も故郷に——サンドレッリアにお戻しください！」

「アイーザよ、次に余の許可なく発言した場合、その舌はないものと思え」

「っ………失礼いたしました」

デオドリック王がミルスへ目を向ける。モンテ教の神官に、こうもハッキリ要求されては、呑まざるを得ない。

「——いいだろう。ただしその前に、残っている仕事を片づけよ」

「と、申しますと？」

「ライアスとディランを探し出し、ここへ連れて参れ。まだ貴様らの任務は終わっていない。戦死したとあればその証拠を、生きているのであれば全員で、余の眼の前で報告せよ」

「――承知しました。寛大なご裁定に感謝いたします、デオドリック王」

「期限は十日だ。十日後の今、この場に四人が揃《そろ》わねば、貴様らは、連合を代表して余が処罰を下す。良いな？」

「ははっ」

恭《うやうや》しく頭を下げるミルスの隣で、アイーザが泣きそうな顔を上げた。

「へ、陛下、発言をお許しください！」

「申せ」

「わ、私もついていくということで、いいのですよね……？」

「ならん。貴様は我が国民を殺害した咎人《とがにん》である。ミルスが、ディランとライアスを伴って戻った後、王国の法に則《のっと》って処罰する」

「そ、そんな……！」

顔面蒼白《そうはく》になるアイーザ。王都内での無断魔法使用に、大量殺人である。間違いなく処刑だ。

「お待ちください、陛下！　陛下！　お父様に――インザーギ家に連絡をさせてください！　手紙を！」

「黙れ！　衛兵、連れていけ」

「お待ちください！　お待ちください！」

泣き叫ぶ魔道士を、衛兵たちが連れていく。他国の貴族が、自国領内で罪を犯した場合、身《み》代金《しろきん》を受け取って解放するケースもあるが、今回に限っては該当《がいとう》しないようだった。

ミルスは無表情のまま、それを見ることすらない。

「話は終わりだ。行け、聖法の勇者ミルスよ」

「はっ」

立ち上がり、踵《きびす》を返すミルス。

その後ろ姿を見ながら、デオドリック王は、またもため息をつく。

――ディラン、お前は今、どこにいる。

王のもとに、ディランからの手紙が届くのは、あと数日後のことである。

21　遊び人、いろんな意味でモテる。

天衡塔《てんしょうとう》バベル。

十階。森の中。

ホブゴブリンと、ブラックゴブリンの群れに遭遇した俺たちは、連携《れんけい》して倒しにかかっていた。

相手はホブ一匹、ブラック五匹だ。

敵じゃないね。

——道化師《どうけし》スキル・舞踏《ダンス》。

「そして、幻惑《ダズル》！」

俺のダンスと魔法で、モンスターどもに二重の幻惑《げんわく》がかかる。

ホブとブラックどもは、身内同士で攻撃し始めた。幻惑で、お互い人間だと思っているのだ。

その背後から、ティナとニャンニャンが身軽に飛びかかる。

「シッ！」

ニャンニャンがブラックゴブリンを華麗に斬《き》り伏せていく。一匹ずつ丁寧《ていねい》に首や心臓などの急所を狙《ねら》い、無駄がなく美しい戦いぶりだ。さすがシーフ。

ホブに仕掛けるのはティナだが――あ、あいつ、アレを使う気か。

ティナが、長剣を大上段に構える。その身体がぼう、と光った。そして、

「【戦技】――強撃《アタック》！」

ホブを脳天から真っ二つにした。

切っ先は地面まで到達し、衝撃で大地がわずかに切り裂かれた。

戦士スキル、通称【戦技】。

その名の通り、戦士の戦闘用技能である。超強力な攻撃や、絶対的な防御、戦士では貴重な遠距離攻撃など、様々な技を、魔力《MP》の消費なしで行うことができる。

戦士の代名詞だ。

デメリットは二つ。一つは、発動後に数瞬の硬直が起こること。

そして――

「うわっ！　折れちゃった‼」

ティナが長剣を見て叫ぶ。彼女の言う通り、真ん中からぽっきりと折れていた。

もう一つのデメリットは、武器が攻撃の威力に耐えきれず、壊れてしまうケースが多いことだ。

「お前なぁ……」

ティナに向かって俺が苦言を呈《てい》す。

モンスターはすべて倒した。ニャンニャンが魔石を回収してくれている。

「戦技はまだ使うなって言っただろうが」

「ごめんなさい～！　だって～！　試してみたかったんですぅ～！」

泣きそうになりながら謝ってくるティナ。言い訳も忘れないのがこいつらしい。

気持ちはわかるけどな。俺も覚えたての僧侶魔法を使ったし。

とはいえ、ティナが武器を失ったことは事実だ。

「反省しろ。リーダーの指示を無視したら、パーティが全滅になる危険だってあるんだ」

「ううう、はい……。ごめんなさい……」

俺が叱《しか》ると、ティナはしゅん、となった。悪いとは思ってるらしい。やれやれ。

それから俺は、懐中時計を見て、時間を確認する。

「そろそろ寝床を用意するか。今日はここまでだ」

「ふえっ？」

驚くティナ。魔石を回収してきてくれたニャンニャンも不思議そうな顔をする。

「でも、魔法陣までまだ結構あるニャよ？」

魔法陣は、モンスターから冒険者を守ってくれる、安全地帯だ。

だから魔法陣以外の場所でテントなどを張るのは自殺行為である。

しかし、何事にも例外はあるものだ。

「前にもちらっと話したろ。こんなときにぴったりのものがある。七十五階で手に入れた」

ここは湖の近くで、木々もそれほど生えていない。場所が広くてちょうどいい。

俺は手品《マジック》で、大きめのテントを取り出した。

「これって……」

「ひょっとして……！」

俺はにやりと笑って、

「〝結界コテージ〟だ」


森の中に、テントが張られてある。周囲には魔法陣が浮かび、モンスターは入ることはおろか、認識することすらできない。

そしてテントの中は——コテージのように広かった。

「すっっご————————い!!」

「てててて天国ニャ————————!!」

空間が歪《ゆが》んでおり、外と中の面積が一致していないのだった。塔と同じ理屈である。

「よーし、メシにするぞ」

「「はーい‼」」

「じゃ、これ着てな」

と、俺は二人に衣装を渡す。

「なんでメイド服があるんですかー⁉」

「しかもビキニメイド服ってニャんですとー⁉」

ふっ、やれやれ、騒がしいぜ。

「ご主人様のー！」

「えっちニャー！」

ロリ爆乳美少女二人が、ビキニにエプロンドレスを着た状態で夕飯を作ってくれるのを、コーヒーを飲みながら優雅に待つ俺であった。

◇◆◇◆◇◆◇◆◇◆

数日前。

王から、ライアスとディランの連行を命じられたミルスは、ヴァンガーランド王都にある教会にいた。

教団本部があるラウンティスほどではないが、ここでもそれなりの情報収集は可能である。

また、ここから本部と転移魔法を使って連絡も取れる。

ヴァンガーランド王は、ラウンティスへ戻ることは禁じたが、教会へ赴《おもむ》くことには何も言っていなかった。ならば何も問題はない、とミルスは判断している。

たとえ、教会を通じて本部へ連絡を取り、状況をすべて王国連合に報告したとしても。

その結果——魔法の勇者アイーザが解放された。

ミルスの報告で、アイーザが捕まっていると知った彼女の故郷サンドレッリアが、王国連合に働きかけたのだ。

それに、教団も手を貸した。ミルスの補助をさせるために解放せよ、と。

王国連合の命令で、ヴァンガーランドはアイーザを解放せざるを得なくなったのだろう。多額の身代金《みのしろきん》を渡されたはずだが、不本意に違いない。

アイーザは解放されたものの、故郷には戻れない。ミルスと同じく、最後の任務を果たす必要がある。すなわち、ライアスとディランを連れ戻すことだ。

そうはいっても、大量殺人犯が限定つきとはいえ自由の身になったのである。

政治の力とは侮《あなど》れないものだな、とミルスは思う。それを用いて、神の教えをより一層広めなければならない。

その後、ミルスは教団僧兵を引き連れて、指定の場所へ赴《おもむ》いた。アイーザを迎えに行った別の僧兵たちと合流したのだ。

人気《ひとけ》のない路地裏で、ミルスとアイーザは再会した。周囲を教団僧兵たちが取り巻いている。

「ミルス……！　アンタ……！」

牢屋から出してやった恩も知らず、アイーザはミルスを睨《にら》む。どうやら謁見《えっけん》の間でのミルスの言動が癇《かん》に障《さわ》ったらしいが、いまこうして解放するためにああしていたのだと、アイーザにはわからないらしい。

馬鹿の相手をするのは疲れると、ミルスは思う。あの道化師も同じだったに違いない。

「どういうつもりよっ！」

叫び、ミルスに摑《つか》みかかろうとするアイーザの前に、僧兵が立ちはだかった。

かと思えば、アイーザへ一斉にショートソードやダガーナイフなどの刃物が突きつけられる。

怯《おび》えるアイーザに、ミルスは普段どおりに淡々と話しかけた。

「ここからは私がリーダーです。私の指示に従っていただきます。さもなければ、あなたはまた、あのドブ臭《くさ》い牢屋に戻ることになるか、ここで野良犬の餌《えさ》になるでしょう」

アイーザの顔が青くなる。魔大陸での惨敗、それにくわえ、これまでの逃亡と牢での生活で、そうとう精神をやられたらしい。親に捨てられそうになった子供のように、膝《ひざ》をついて許しを請《こ》うた。

「――ま、待って！　わか、わかりました。従います！　従いますから……！　もうあそこは嫌ぁ……嫌ですぅ……！」

無様だな。

「よろしい。教団に従順であれば、あなたが故郷に帰る機会も、いずれ得られましょう」

「は、はい！　ミルス様！」

頷《うなず》くミルス。

そうして、転移魔法を使うべく、その地域の教会へ赴いた。

路地裏を出てすぐ、気がついた。

尾行されている。相手はヴァンガーランドの密偵《みってい》か。

僧兵が耳打ちしてくる。

「排除いたしますか？」

「いいえ、構いません。ここでヴァンガーランドと争っても教団に益《えき》はありません。捨て置きなさい」

ヴァンガーランドの王がどう動こうが、すでに手遅れだ。王国連合は次の動きを始めている。

ディランとライアスを連行したとしても、もう四人でパーティを組むことはないだろう。

ならばなぜ連れ戻させるよう命じたのか。答えは簡単である。

王の狙いは、ディランだ。

あの勇者パーティで、唯一《ゆいいつ》、勇者でなかったあの男。

ディランは何かを知っている。

魔王軍について、魔王について、モンスターについて。

道化を演じていながら誰よりも聡《さと》かったあの男は、それらについて、何か気づいた様子があった。

それは、教団にとっても益になる情報に違いない。

聞き出さねば。何をしてでも。

ディランの居場所はとっくに摑んでいる。ヴァンガーランドは、ヴァンガーランド領内のことしか詳しく調べられない。だが各国にいくつも教会が存在する教団の情報網は、一国家など相手にならないほど優れている。

バベル。

聖法の勇者ミルスは、天を衝《つ》く塔と、その周りに広がる街並みを思い出していた。

かつて教団の命令で、自分も冒険者として登っていたのだ。周囲を歩いている僧兵たちも、超人的な力を手に入れることができる職業《ジョブ》を得るために、バベル攻略の経験がある。

――戻るのは、ずいぶん久しぶりですね。

郷愁《きょうしゅう》の念は、一切なかった。

◇　◆　◇　◆　◇　◆　◇　◆　◇　◆

ラウンティス王国。

モンテ教団・本部。

一人の男が、密命を受けていた。

「——神官ミルスの素行調査と、道化師から情報入手。猊下《げいか》、この道化師ってやつは殺しちゃっても？」

「構わん。情報を引き出した後はな」

「神官ミルスも？」

「好きにせよ」

「んなぁるほどぉ……」

にたり、と嗜虐《しぎゃく》的な笑みを浮かべる。

モンテ教団・暗部の実働部隊、その最高位にあるこの男。

簡単に言えば、暗殺者である。教団に背《そむ》く不届き者のなかでも、特に厄介《やっかい》な連中を殺すことを任務としている。だが、この男の場合は——

「冒険者ね……。こいつは殺しがいがありそうだ」

信仰に背くものを排除するという目的よりも、〝手段〟の方に熱意を注いでいるようだった。

「それにちょうどいい。そろそろバベルに〝遊び〟に行こうと思ってたところだよ」

「……他の冒険者に手を出すのはほどほどにしておけ。貴様は遊びが過ぎる」

「はいはい、ほどほどにね」

「まぁいい。――行け、ベルナルド」

男は、両手で不思議な印《いん》を組むと、返事もせずに消え去った。

「――〝冒険者殺し〟め。あの悪い癖さえなければ、もう少し使い勝手がいいものを……」

指示を出した男は、虚空《こくう》を見つめて、忌々《いまいま》しそうに呟《つぶや》いた。

◇◆◇◆◇◆◇◆◇◆

ミルスは、教団へすべてを知らせ、ディランから情報を引き出そうと動く。

そして教団は、ミルスの素行を探りつつ、ディランから情報を引き出そうと暗殺者を派遣した。

ヴァンガーランド王国もまた、ディランを連れ戻そうとしている。

そして――

「ディランさんっ♡　ディランさんっ♡　ああんっ♡」

「ご主人っ♡　んにゃっ♡　そこだめにゃあ♡」

コテージのなかで、ロリ爆乳少女たちの嬌声《きようせい》が響く。

うつ伏せに寝転がった二人に、ディランが跨《また》がって、指で身体を押しているのだった。

健全な意味で。

「いや……変な声出すなよ……ただのマッサージだろ……」

腰やら背中やらを指圧されていたティナが首だけ振り向いて、

「ディランさん、マッサージ上手すぎますぅ。ちょっとえっちですぅ！」

「ちょっとえっちって……」

ニャンニャンが、

「ご主人、おっぱいだけじゃなくて肩を揉《も》むのも上手《うま》いにゃあ」

「ふつう逆じゃね？」

勇者パーティを追放された遊び人は、いろんな意味でモテていた。

22　遊び人、武器を強化する。

「ふわぁ〜。ご主人様〜」

「んにゃぁ〜。ご主人〜」

貴族の別荘のようなコテージの、それは広いベッドの上。

ヘロヘロになったティナとニャンニャンが、あられもない格好で、俺を左右から挟むように抱きついて、甘えてきた。俺は二人の頭を撫《な》でてやる。

すでに終わった後だ。

「よしよし」

「なんか……気持ちよくって……ふわふわします……。これ、好き……かも……」

「ご主人は手品《マジック》が上手《うま》いだけあって、手技も上手ニャ……」

マッサージをしていたら、なんだかんだでまぐわうことになり、塔の中だというのに結局美《お》味《い》しくいただいてしまった。本日もロリ爆乳二人前、ごちそうさまでした。

さてさて。

ニャンニャンに言わせれば、「ただの交尾じゃないニャ。これも儀式の一つだニャ！」ということらしい。

ドラゴンキラー――強力な武器を作るための、儀式だ。

主人との絆《きずな》を深め、また主人を通して同輩《ティナ》との絆も深め合う。これにより、俺専用、ティナ専用の武具が創れるようになるという。

ティナとの絆も深まったらしい。まぁ確かに、二人で俺のをこう、仲良く、こう、挟んだり舐《な》めたり受け入れたり、いろいろしていたので、わからないでもない。

そういうわけで、儀式である。今度は武具を創る段だ。

コテージ備え付けの風呂場で身体を洗った俺たちは、リビングへやってきた。

リビングの床にニャンニャンが座る。

まずは、ティナの武器だ。

彼女の前には、すでに布と魔石が置かれていた。親指を噛んで血を垂らすと、その血は意思を持ったかのように動き、魔法陣を描いていく。

鍛冶獣人《アニマスミス》が囁《ささや》くように唱えた。

「――剣猫族《ニャッツ》が竜殺しの鍛冶師《かじし》ニャンニャン・ヴィスコンティが、偉大なる七女神様に願い奉《たてまつ》ります……」

数分後。

「できたニャ！」

儀式を終えたニャンニャンの手にあるのは、片手剣。長剣よりも少し短いその剣は、身体の小さなティナには、取り回しが良さそうだ。剣幅が広く、受け流しもやりやすそうで、壁役《タンク》にはピッタリかもしれない。

銘《めい》を、『カロネ』というらしい。

「はいニャ！　これがティナのドラゴンキラーにゃ！」

「わー！　ありがとう、ニャンニャン！」

ニャンニャンから片手剣カロネを受け取って、頬ずりして喜ぶティナ。

猫娘獣人は、休まず作業を続けてくれた。

「次はご主人の夜月刀《やげつとう》を強化するニャね！」

魔法陣の上に、魔石と、俺の持っていた夜月刀を載《の》せる。

そうして儀式を行うと、

「おお、短剣から長剣になった……！」

「すごーい！」

剣が大きくなった。成長したようにも見える。

それだけではない。形状もかなり変化している。夜月刀は〝刀〟だったが、強化後は長い両刃剣になっていた。

「真銘静聴《しんめいせいちょう》――〝月華剣《げつかけん》・ナイトウォッチ〟」

長剣の銘を教えてくれたニャンニャンが、俺に渡す。

「夜、それも月の出てる夜に、威力を増すみたいニャ。はいご主人、どうぞお使いくださいニャ！」

「ありがとう、ニャンニャン」

礼を言って、俺は受け取った。

柄《つか》を握った瞬間、剣から力のようなものを感じる。

道化師《どうけし》の頃は長剣なんて使えなかったが、大賢者になったいま、戦士ほどではないにせよ、剣の扱い方もわかるようになっていた。

これは、ヤバい。

この剣は、本物だ。

「ニャンニャン、これ……」

「にゃっふっふー。わかるかニャ？　わかっちゃったかニャ、ご主人？」

「ああ、なんか……びりびりくる……！」

「さっすがご主人ニャー！　上手く使ってほしいニャ！」

「わかった、ありがとうな」

「素材次第でまだまだ強化できるから、次はもっともっと高価な魔石とアイテムを用意するニャ！」


まだ強くできるのか、これ。凄《すご》いな。

最後に、ニャンニャンの双剣も強化して、儀式は終了。

さすがに疲れたらしい猫娘が、ふにゃ～と横になった。

彼女に労《ねぎら》いの言葉をかける。

「お疲れ、ニャンニャン。お礼にいろいろサービスしよう」

「ふにゃ？」

俺はニャンニャンをひょいと横抱きにすると、立派な一人掛け用ソファに座らせた。

「今晩は、ニャンニャンが女王様だ」

「にゃんと！」

くるりと一回転する俺。タキシードから、執事服に着替えた。

普通のメイド服を着たティナも、隣に立つ。

俺たちは跪《ひざまず》いてニャンニャンを讃《たた》えた。

「ははぁ～、ニャンニャンさまぁ～」

「よくぞ働いてくださいましたぁ～」

目を丸くしたニャンニャンだが、やがて嬉しそうに笑う。

「にゃっはっは、くるしゅうにゃい、くるしゅうにゃいニャー」

ニャンニャンは、俺のマッサージをまたも受けつつ、ティナの淹《い》れた濃いアイスミルクティーを飲んで、さらに高級お菓子に舌鼓《したつづみ》を打ち、それはもう満足そうだった。

マッサージをティナに代わり、ニャンニャンのために舞踏《ダンス》や手品《マジック》といったパフォーマンスを披露《ひろう》する。

「ニャッハハハハ！　ご主人のパーティに入って良かったニャー！」

腕の良い鍛冶師兼シーフをもてなす夜は、こうして更《ふ》けていった。

◇◆◇◆◇◆◇◆◇◆

ヴァンガーランド城。

執務室。

うずたかく積まれた書類と戦っていた、ヴァンガーランド王・デオドリックは、窓から差し込む陽光に目を細め、ペンを置いた。

侍女《じじょ》の淹れた茶はとうに冷めきっていたが、喉《のど》を潤《うるお》すにはちょうどよい。

ディランたちをミルス（と自分の配下・密偵《みってい》）に探すよう命じたデオドリック王は、次の計画に移ろうとしていた。

ライアスたち勇者パーティが魔王討伐《とうばつ》に失敗し、支援組織に戻らないまま逃亡したことは、すでに王国連合に報告済みである。

その結果、魔法の勇者アイーザを釈放しなくてはならなくなったことは不愉快だが、致《いた》し方《かた》ない。彼女も他国（ラウンティス）を代表する英雄なのだ。連れ戻すのに必死にもなろう。

もっとも、身元の引き受けに教団が関《かか》わった時点で、アイーザが故郷サンドレッリアへ無事に帰れるかは微妙なところだが……。

デオドリック王としては、ディランを連れ戻し、彼を次の勇者パーティのリーダーに据えて再編制するつもりである。

王国連合は、各国で勇者パーティを編制しつつある。どの国が一番早く魔王を滅ぼすかが、この先の連合における主導権を握《にぎ》る鍵になっているのだった。ライアスたち——『第一次派遣』は一つのパーティだけだったが、次の『第二次派遣』は数パーティ送り込むつもりでいる。

協力して魔王軍と戦うはずが、いつの間にか競争となっていた。

——バカバカしい。

そのような状況に、デオドリック王はため息をつく。

それも、魔王軍の侵略が思いのほか激しくなかったから、であるとも言える。

十年前、王国連合は、魔王と交渉を行っていた。

配下の報告によれば――ドラゴンが人の姿をとったような異形《いぎょう》のもの、それが魔王。

王国連合は、こちらの大陸を手中に収めようとする魔王と交渉にあたったが、見事に決裂。

その後、魔王は大陸支配の手はじめにモンスターを放つと宣言した。

そうして、霊脈の不安定な場所――『呪われた地』からモンスターが出現するようになった。

現在は、各国の兵士、冒険者などが掃討《そうとう》に当たっている。今のところは雑魚《ざこ》ばかりで大した被害には至っていない。だが、小さな村などは滅ぼされてしまうこともある。

ただ、連合の王たちは、てっきり凶悪なモンスター軍団が襲ってくると恐れていたようだ。実際は雑魚モンスターがぽこぽこ湧いて出てくるだけで、拍子抜《ひょうしぬ》けし、侮《あなど》っている。モンスターから採《と》れる魔石は貴重なため、そのおかげで豊かになった国もあるほどだ。

とはいえ、被害は徐々に大きくなっていた。王国連合は『勇者』部隊の設立を決め、バベルにいる冒険者から候補を見繕《みつくろ》ってスカウトし始めた。

だが、バベルの冒険者たちも、雑魚モンスターや、よくわからない魔王のために、何年も無駄にするのを嫌ったのだろう。高レベルの者にはほとんど断られた。レベル50を超えた冒険者のなかで唯一《ゆいいつ》、ディランだけが参加することになったわけだ。

――あやつだけが……。

デオドリック王が道化師の姿を思い浮かべたそのとき、執務室の扉が荒々しく開かれた。

振り向けば、王の腹心の老大臣が慌《あわ》てた様子で、

「陛下《へいか》！　デオドリック陛下！」

「貴様が取り乱すとは珍しい。何事か」

「道化師ディランから、伝書鳩が届きましてございます！」

「なにっ⁉」

デオドリック王も声を荒らげ、大臣の手から手紙を奪うように受け取り、中身を読む。

「これは……！」

最初は険しかった表情が、文面を追っていくにつれ、穏やかになっていく。

「なんと。ディランよ。貴様はまだ………」

椅子に背を預け、ふぅ、と息を吐いた。

――〝どれだけ器用に道化を演じようと、平和でなければ、人々は本当の笑みを見せない。〟

貴様は余にそう言ったな、ディランよ。

老大臣が見守るなか、デオドリック王は、ふっと笑った。

「よかろう。好きにするがいい」

「陛下……？」

王は大臣を見て、

「ライアスの居場所は摑《つか》んでいたな？」

「はっ。バベルにて確認してございます。いかがなされますか？」

「連れ戻せ」

「承知いたしました」

「そして今後、我がヴァンガーランドは、道化師ディランのサポートに回る。それが魔王討伐に、最も有効な手段であろう」

「ははっ！」

執務室の窓から青い空を見ると、白い鳩が元気よく飛び去っていった。

23 遊び人、十階ボスと戦う。

天衝塔《てんしょうとう》バベル。

十階。

朝。結界コテージで一夜を明かした俺たちは、出発することにした。

コテージから外に出て、見かけ上はテントになっているそれを片づける。

テントの中を覗《のぞ》くティナが不思議そうに声を上げた。

「外から見ると、中もただのテントなんですけど……不思議です！」

「全面的に同意する」

テントを畳み、手品《マジック》で虚空《こくう》にしまった。

ニャンニャンに描いてもらった地図を確認し、俺たちは再び階段を目指す。

「もう少しで着くニャー」

歩きながら、先頭のシーフが報告した。周囲をゆるく警戒している。

と、思ったら、足を止めた。

シーフスキルの『探知』に、敵が引っかかったようだ。このスキルは、周囲数メートルにいるモンスターや冒険者、罠《わな》を察知する。レベルが上がれば探知範囲も広がる。

「ご主人、この先に冒険者とモンスターがいるニャ。たぶん交戦中《バトってる》。戦闘音が聞こえるニャ」

「戦況はわかるか？」

『探知』スキルだけでは、詳しい状況はわからない。しかし獣人であるニャンニャンは非常に耳がいい。

彼女の猫耳がピョコピョコ動いた。

「んむぅ〜。冒険者側の声がちょっと焦《あせ》ってる感じニャ。対して、モンスターは笑ってるニャ」

「劣勢かな。とりあえず見に行くか。ニャンニャン、ティナ、警戒しつつ急ごう」

「了解ニャ！」

「はい！」

ニャンニャンを先頭に、駆け足で交戦場所へ向かう。

すぐに、モンスターと戦っているパーティが見えた。

戦士、シーフ、僧侶、魔道士とバランスの取れた編制だ。戦士が男でそれ以外は女性なのが俺的にポイント高い。

相手はホブゴブリンが三匹。緑色の汚れた肌と、巨体が特徴だ。手には石斧《いしおの》や棍棒《こんぼう》を持っている。

——ゴブゥゥウウウ！

「うわっ！」

ホブAの攻撃で、戦士がふっ飛ばされた。壁役《タンク》がいなくなった魔道士に、他の二匹が襲いかかる。

ナイフを持ったシーフと、槌《つち》を手にした僧侶が援護に回るが、間に合わない。

「きゃあっ！」

ホブBの棍棒が、頭を抱《かか》えてしゃがむ魔道士に振り下ろされる直前、

「シャッ！」

ニャンニャンが間に合った。ホブBの後ろから飛びかかり、双剣で首の後ろを突き刺した。

「でぇい！」

続いてティナが、走ってきた勢いそのままに、シールドタックルをホブCに仕掛けた。ホブの腰までしか身長がない少女が、自身の数倍の巨体を軽々と吹き飛ばすその光景は見ものである。

俺は、といえば、上からすとん、と降りてきたところだ。

「わっ！」

「お、落ちてきた？」

ただジャンプしてきただけである。

「やぁこんにちは。大丈夫かな？　素敵なお嬢さんたち」

シーフ、僧侶、魔道士の女性三人に、三本の薔薇《ばら》を渡す。ぽかん、と見上げる彼女たち。

「え……？　いや、後ろ後ろ！」

「はいはい」

女シーフさんが慌《あわ》てて俺の後ろを指差す。

俺は振り向きざまに、強化された長剣〝ナイトウォッチ〟を振るった。石斧を振り上げていたホブの左腰から右肩に、一本の線が引かれる。もちろん、俺の剣筋だ。

――ゴブゥ……？

ずるり、とホブの上体が斜めに落ちていった。しゅううう……と霧《きり》になっていく。

周囲を見れば、倒れたホブCの頭にティナが片手剣を突き刺して、ホブAの魔石をニャンニャンが回収しているところだった。勝利である。

よしよし。ティナもニャンニャンも、ホブなら一人でも余裕で倒せるな。

ふっ飛ばされた戦士も歩いて戻ってきた。四人ともそれほどの負傷はしてなさそうだ。

「あ、ありがとうございました……？」

呆《ほう》けながらお礼を言う女シーフさんに、俺はウィンクする。

「どういたしまして、素敵なお嬢さん。俺はディラン。よければお名前を――」

「ディランさん！　早く進みましょー！」

「ご主人！　ナンパはボスを倒してからにしてニャ！」

おっと。また道化師《どうけし》の悪い癖《くせ》が出てしまった。

俺はもう一度ウィンクして、手を振った後、踵《きびす》を返す。

「ごめんね、お嬢さんたち。今度ゆっくり話そうね」

「は、はぁ……」

俺がティナとニャンニャンに合流すると、

「もう、ディランさんは女の人を見るとすぐ唾《つば》つけようとするんですから！」

「同輩を増やすのはいいんにゃけど、時と場所を考えてほしいニャ！」

なんか叱《しか》られてしまった。やれやれ。

「怒ったお前たちも、可愛いぜ？」

「「そ、そんなこと言われても嬉しくないんですから！」ニャ！」

ハモリツンデレ、いただきましたー。

◇　◆　◇　◆　◇　◆　◇　◆

さらに進んでいくと、開けた場所に出た。

頭上は太い木のつるで覆《おお》われている。大樹の天井といった具合だ。

真ん中に、大きな植物が生えていて、天井まで伸びている。

目を凝《こ》らせば、その植物の中に階段があるのが見えるだろう。

あれが十一階への階段だ。

そしてその植物の前に立ちはだかるのは、巨人だった。

足が短く、胴体と腕が異様に長い、毛むくじゃらの巨人――トロールだ。長い手には大きな棍棒を持っている。

茂みに隠れて、俺たちはトロールを観察する。

「デカいなー。ティナやニャンニャンを縦《たて》に五人くらい並べてもまだ足りないぞ」

「ディランさん五人でも足りなさそうですよ？」

「アイツからしてみたら、ご主人とボクたちの身長差なんて大したことにゃいニャ」

「じゃ、コテージで話した通り、真正面から正攻法で行くぞ。連携《れんけい》を忘れないようにな」

「はい！」

「了解ニャ！」

「よし、行け！」

俺の指示と同時に、ティナとニャンニャンが走りだす。

トロールがこちらに気がついた。

──ぶおおおおおおおおおおおおおおおおおおおんっ！

戦闘開始だ。

俺は手品《マジック》で目眩《めまい》ましを──しない。

投げトランプでトロールの四肢《しし》の腱《けん》を切って無力化することも、しない。

舞踏《ダンス》で精霊も呼び出さないし、トランプを用いて分身して接近したりも、瞬間移動と位置交換で背後に出現したりもしない。

十階程度のボスを瞬殺する手札《カード》はいくつもあるが、俺はそれらを切らない。

ティナとニャンニャンに、少しでも戦いの経験を積んでもらうためだ。

ボス戦で目立ちたいところだが、致《いた》し方《かた》ない。

──やれやれ。主役になるために転職したんだがな。

苦笑しつつ、俺は修得した魔道士の魔法を唱えた。

「──防御盾《シールド》」

ティナの身体が光に包まれる。職業《ジョブ》の加護が強化され、防御力が上昇する。

壁役《タンク》とは思えぬ速度で接近したティナへ、トロールが棍棒を叩き下ろした。

地面が爆発する。ただの人間ならば跡形もなく砕け散っているかのような衝撃だ。

しかし、真正面から受け止めたティナは無事だった。大盾《おおだて》を構えたその体は、防御盾《シールド》とは別種の、淡い光に包まれている。

防御力を爆発的に上昇させる【戦技】、鉄壁《ガード》だ。俺の防御魔法と戦士スキル、そして戦士の筋力で、小さな少女は巨人の一撃を難なく受け止めていた。

ティナの脇を走る影は、ニャンニャン。

それに気づいたトロールが、空《あ》いている方の手で彼女に拳《こぶし》を振るう。

だがすでに、俺が次の呪文を唱え終えている。

「――俊敏《クイツク》」

敏捷性《びんしようせい》を上げる僧侶の魔法だ。ニャンニャンは、トロールの大きな手を、まさに猫のような身のこなしで「にゅるり」と躱《かわ》すと、そのままモンスターの腕を登っていく。

「シャッ！」

双剣がきらめく。シーフはトロールの腋《わき》を切りつけた。血しぶきが舞い、モンスターの左腕がだらんと垂れ下がる。腱を切ったのだ。

それだけでは終わらない。ニャンニャンはトロールの肩を蹴って急降下すると、左足首のアキレス腱もなます切りにして、飛び退《の》いた。

――ぶおあああああああああっ!?

膝《ひざ》をつくトロール。その顎《あご》に、

「ふっ！」

跳躍したティナの放った盾殴《なぐ》りが吸い込まれる。

鈍《にぶ》い音を立ててトロールの顎が砕けた。巨人がぐるりと白目を剝《む》く。トドメだ。

ティナは跳んだ勢いのままトロールの左側へ。頭を挟んで反対側には、再び接近したニャンニャンが迫っている。

ティナとニャンニャンの視線が交わる。アイコンタクト。タイミングを合わせた。

「はあっ！」

「シャッ！」

戦士の片手剣と、シーフの双剣が、トロールの首を両側から斬《き》りつけた。

巨人の頭が、ずるりと滑り、地面に落下する。それを追うようにして、身体も倒れ込んだ。

勝利である。

近づきながら、俺は手品《マジック》で鳩やら花火やらクラッカーやらをぽんぽん出した。

「ブラボー！」

俺の称賛を受けて、霧《きり》になりつつあるトロールの死体を背景に、二人の少女が嬉しそうに跳びはねた。

「いやった――――――‼」

「やったニャ――――‼」

抱きついてくる二人の頭をよしよしと撫《な》でてやる。

トロールの肉体は霧になって消え去り、魔石が残った。

だが、通常と違う点が一つあった。棍棒のあった場所に、何かが落ちている。

「ご主人、ドロップアイテムにゃ！」

倒したモンスターが、魔石の他に、稀《まれ》に残していくアイテムだ。モンスターが使っていた武器そのものだったり、爪《つめ》や鱗《うろこ》、宝石といった素材だったりする。

今回は、岩のようなものだった。

俺は鑑定鏡を取り出して、その岩を視《み》る。

「──『トロールの巨岩』か。防具の素材になるな。ティナ、お前が使え。ニャンニャンもそれでいいか？」

「オーケーにゃ。後でボクが加工してあげるニャ！」

「いいんですか！　ありがとうございます、ディランさん！　ありがと、ニャンニャン！」

「いいってことニャ。ティナのご飯は美味《おい》しいからニャ！」

「またお魚のムニエル作ってあげるね！」

「にゃーふ！　アレは絶品ニャー！」

爆乳を揺らしてキャッキャウフフする少女二人。眼福《がんぷく》だネ。

それから、魔石を回収した俺たちは、階段の前に立って頭上を見た。

「さて、じゃあ十一階に上──」

俺とニャンニャンが同時に気づいた。

ニャンニャンはシーフスキル『探知』で、俺は道化師だった頃に磨いた『視線』に対する直感で。

背後を振り返る。

森から、この開けた場所へ、二人の冒険者が姿を現した。

一人は、モンテ教の神官服に身を包んだ僧侶。

もう一人は、高価なローブを着た魔道士。

僧侶の方が、口を開いた。

「……久しぶりですね、道化師ディラン・アルベルティーニ」

ミルスとアイーザの二人だった。

24　遊び人、昔の仲間と再会する。

魔法の勇者、アイーザ。

聖法の勇者、ミルス。

二人を見た瞬間、俺は道化師《どうけし》のスイッチを入れた。かつて演じていたあの三年間のように。

――先手必勝。

「これはこれは、アイーザ様にミルス様。お久しぶりでございます」

シルクハットを取って、恭《うやうや》しく一礼する俺。

「再会を祝して、一曲、お耳汚しを」

ぴくり、とミルスの眉が上がる。だが知ったこっちゃない。保険はかけさせてもらう。

俺は、朗々と歌い上げた。

「♪あぁ～　我らが神よ、天よりの光よ。汝《なんじ》が子らは息災なり。汝が祝福あらん限り、我ら光に包まれん♪」

俺が急に歌いだしたからびっくりしたのだろう。ティナとニャンニャンがぎょっとした様子でこちらを見て、口を開いた。

「ディランさん、歌めっちゃ上手《うま》いっっっ⁉　オペラみたいっ！　カッコイイですっ！」

「にゃー！　好き好き大好きニャこの歌声っ！　渋くてキュンキュンするニャっ！」

驚いたのそっちかい。

道化師スキルの中でも、舞踏《ダンス》に比べて、歌詠唱《アリア》はあまり得意じゃないんだけどな。

しかし――これも道化師のスキルである。ゆえに、

「え……？」

「にゃ……？」

俺とティナとニャンニャン。ディランパーティ三人の身体が淡い光に包まれた。

歌詠唱《アリア》とは、魔力を消費せず、詠唱《えいしょう》の代わりに歌によってかける魔法である。

いま歌ったのは、パーティ全員の魔力耐性を格段に上昇させるものだ。

アイーザの攻撃魔法はともかく、ミルスの即死呪法は、ティナとニャンニャンには危険だからな。

あちらには光が見えないようにかけたから、俺が歌ったことの真意はわからないだろう。もっとも、勇者パーティにいた頃、歌詠唱《アリア》を見せたことがあるから、少し頭が回れば勘づくだろうが――。

「はっ――。再会を祝す歌ですって？　バカバカしい。アンタみたいなクズの歌なんて聞いた

ら私の耳が汚れるわよ！」

アイーザにはわからなかったようだ。吐き捨てるようにそう言った。

俺はニコニコしながら頭を下げる。

「ええ、ですからお耳汚しを失礼、と」

「減らず口の遊び人が……！」

アイーザが俺を睨《にら》んだ。俺は涼しい顔で受け止める。

ティナとニャンニャンには、こっそりサインを送っている。〝様子を見ろ〟、〝最大警戒〟、〝いざとなったら転移結晶を使え〟。

アイーザとミルスの狙《ねら》いは俺だろう。だが真意がわからない。そして俺だけならどうとでもなるが、ティナとニャンニャンがこの二人を相手にするのは、まだ早い。

「ええ、ええ、私は口の減らない遊び人でございます♪　いいえ、いいえ、減らないのは口だけではございません。ほれこの通り、拙《つたな》い芸も減らず減らずの盛りだくさん♪」

手品《マジック》でぽんぽん花火を出しながら、俺は続ける。

「私は口も芸も一向に減りませんが、アイーザ様はずいぶん余裕を失われたご様子。あっと失礼、イライラしやすいのは生来のものでしたかな？　貴族様は、とかく器《うつわ》が小振りであられる」

「なんですってぇ……!?」

杖《つえ》を握る手をぶるぶる震わせて、アイーザの顔から血の気《け》が引いた。キレた。ぶわ、と長い髪が浮き上がり、魔力がその体に充溢《じゅういつ》する。

狙い通りだ。だが、隣のミルスが口を開く。

「アイーザ。少し黙りなさい」

「し、しかしミルス様……！」

「黙りなさい、と言ったのです」

「失礼しました……！」

魔道士に漲《みなぎ》っていた魔力が散っていく。

アイーザをもう少し挑発して、こいつらが俺たちのもとにやってきた狙いを探ろうとしたが、そうはいかなかった。

そして驚いた。アイーザがミルス相手に下手《したて》に出ている。今までじゃ考えられない。いったい何があったのか。俺は笑顔で訊《き》いてみる。

「私めがいない間に、なにか楽しいことでもありましたかな？」

「あなたには関係のないことです、道化師ディラン」

「左様ですか、それは残念♪」

なら別にいいや。今度デオドリック王にでも聞けばいいし。

ミルスが口を開く。

「道化師ディラン・アルベルティーニ。ヴァンガーランド王の命令《めい》により、貴方《あなた》を連れ戻しに来ました。我々とともに、ヴァンガーランド王都へ戻りなさい」

「お断りだ」

道化師の仮面を取って、俺は即答した。

「お前ら『勇者』には興味が失せた。とっとと消えろ」

「なっ……アンタ、いい加減にしなさいよっ！　いいから私たちの言う通りにすればいいのっ！　クズは何も考えるなっ！」

アイーザが激昂《げっこう》したが、俺はやつを見もしない。

ミルスが無表情で、

「それは不可能です、道化師ディラン」

氷のような声音で、

「これは勅命《ちょくめい》なのです。断るということは、ヴァンガーランドの法を犯《おか》すことと同罪。いえ、王国連合に対する反逆となります。そもそも、貴方はいま『脱走兵』という立場なのです」

刺すように告げた。

「我らと来ないのであれば、死罪は免《まぬか》れないでしょう」

――ほぉぉぉぉ死罪ときましたかぁぁぁ死罪ですかぁぁぁへぇぇぇぇ！

笑えてくる。あまりのくだらなさに。

「それで、その裁判はどこで受けるんだ？　まさかここでお前が俺を裁くってのか？　神の代

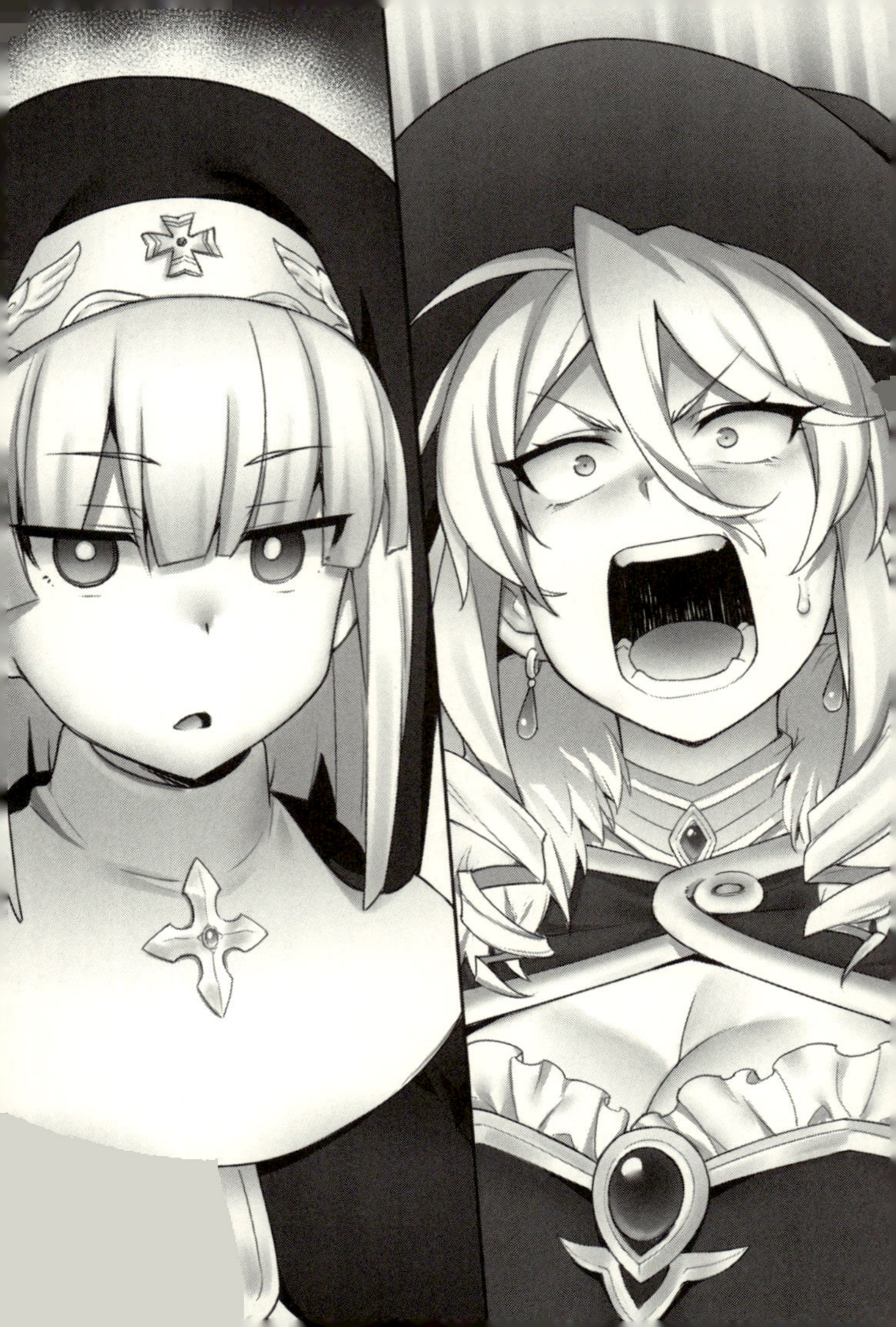

行者を気取るのは結構だが、それはお前の崇《あが》める神だけにしとけよ？　モンテ教団の神官がヴァンガーランドの法の執行人を務めるなんざ、笑い話にもほどがあるぜ？」

「いいえ、誤りがあります、道化師ディラン。私は偉大なるモンテ神さまに仕《つか》える神官でありますが、聖法の勇者でもあるのです」

ミルスは、言った。

「私は『勇者』として、貴方を断罪しましょう」

「追放の次は断罪かよ」

俺は笑う。

「追放も断罪も、『勇者』ごときに下す権利はない」

「知れたことです。王には〝道化師ディランは戦死した〟と告げましょう」

「「――っ！」」

ティナとニャンニャンが構えを取る。

ミルスの様子は変わらない。

「しかし――道化師ディラン。貴方が持つ情報を教団に差し出すなら、神の御慈悲が与えられましょう」

「情報？　何の情報だ？」

「魔大陸で遭遇したモンスター。いえ、魔王とその幹部に関する、貴方の所感です」

「所感……？　何のことだ？」

と、しらばっくれつつ、俺は感心していた。神官ミルス。こいつ、やはり気づいていたか。

「貴方は、魔王たちについて〝何か〟に気づいた。それを伝えなさい。モンテ教団が有効に活用します。さすれば、貴方には神の祝福が与えられましょう」

「そんなこと言われてもねぇ……」

苦笑する素振りをする俺を見て、ミルスは言葉を続ける。

「――道化師ディラン。貴方がなぜ『勇者』パーティに入ったのか、私はずっと不思議でした」

どうやらミルスは、俺の話をするようだ。

あんまりくだらない話なら、相手にしないでとっとと逃げようと、俺は思う。

「高レベル冒険者たちが王国連合のスカウトを断るなか、貴方だけは勇者パーティの召集に応じた。疑問でした。ライアスやアイーザのような野心もなく、私のように信じる神も持たない貴方が、塔の頂点を目指すことを諦《あきら》めてまで、なぜ、と……」

背後にいるティナとニャンニャンが、俺を見た。

そして、その二人を、神官が見つめる。

「彼女たちを守る貴方を見て、やっとわかりました。貴方は、本当に、ヴァンガーランドの人々のために、勇者パーティに参加したのですね」

「…………」

「人々を、モンスターから救うために。人々から、モンスターの不安を取り除くために――皮肉なことです。貴方はいつも道化を演じ、〝遊び人〟の仮面を着けて素顔は見せませんでしたが、しかしその動機だけは、貴方が口にした通りだった」

後ろから、まるで感動したかのような声がする。

「ディランさん……！　やっぱり、ディランさんは……！」

「ご主人……！　そうだったのニャ……！」

俺は答えない。

茶化しもしないし、誤魔化しもしない。

そうとも。俺は人々のために勇者パーティに入った。モンスターを生み出し、人々を苦しませる魔王を滅ぼすために。だが――。

ミルスが告げる。

「だが、魔王は人間だった」

ティナとニャンニャンの息を呑む声が、はっきりと俺の耳に届いた。

25 〈遊び人、〝真実〟ってやつを教えてやる。〉

天衝塔《てんしょうとう》バベル。

十階、森の中。

あるパーティが、地に倒れ伏していた。全員血まみれで、死んでいる。

戦士、シーフ、魔道士、僧侶といったバランスの良いメンバーで、戦士以外は女だった。

「冒険者ねぇ……」

事切れている戦士の頭を、声の主《ぬし》が踏みつけた。せせら笑う。

「弱っちいな」

そいつは、足元の戦士から、森の奥へ目を向ける。にたりと笑って。

「さ、お仕事に行きますか♪」

◇◆◇◆◇◆◇◆◇◆

聖法の勇者ミルスが、念を押すように訊《き》いてくる。

「魔王やその幹部は、魔大陸《あちら》の冒険者だった。そうですね？」

俺は沈黙を以《もっ》て答えとした。

そのとおりだ。

天衝塔バベル。この塔は、神々によって創られた神代《しんだい》の遺跡。

そういった遺跡が、バベル以外にないと、どうして言い切れるのか。

大賢者になったいま、わかる。幹部と対峙《たいじ》したときの異様な雰囲気、あの凶悪なプレッシャー。あれは、職業《ジョブ》の霊殻《れいかく》が発していたものだ。

魔王やその幹部たちは、魔大陸にあるダンジョンで腕を磨いた冒険者だった。

あちらの、高レベル冒険者だったのだ。

そんな連中に――低レベルな勇者パーティが勝てるはずがない。幹部との戦いでそれに気づいた俺は、即座に転移結晶を使った。そうして魔大陸から脱出したのだ。

ミルスが言う。

「貴方《あなた》は賢者に転職したと報告を受けています。それは、あちらの冒険者に勝つためなのでは？　もう一度鍛え直して、今度は強いパーティで、再び魔大陸へ挑むために」

ちっ。ペラペラ喋《しゃべ》りやがってこの狂信者め。一緒に旅しているときはちっとも喋んなかったくせに。

「私が知りたいのはその先です、道化師《どうけし》ディラン。貴方は、魔王たちがなぜあのような醜悪《しゅうあく》な姿になったのか、その理由に気づいたのではありませんか？」

俺はため息をついた。そこまでわかってるなら仕方ない。

「わかった、伝えよう」

ミルスを見て、告げる。


「魔王は、そして魔王の幹部は——モンテ教の信者だ」


「…………………？」

俺の言葉を聞いて、ミルスの首が傾いた。

おお、こいつが呆気《あっけ》にとられてる。また面白いものが見れた。

「何を、言っているのです？　貴方は……」

呆然《ぼうぜん》としながら訊いてくる神官ミルスに、俺は続ける。信仰に目を塞《ふさ》がれているこいつに、〝真実〟ってやつを教えてやる。

「だから、魔王たちは元は人間だったが、モンテ教の呪法で化け物になったんだよ」

「何を言うかと思えば……バカバカしい。そのようなこと、あるはずがない」

「本当にそうか？　疑ってみたことはないか？　不思議に感じたことはないか？　俺は何もお

前の神を否定しているわけじゃない。モンテ神は確かにいるんだろうさ。バベルを建てた神のように」

俺は両手を開きながら、続ける。

「だが、教団は本当に信じられるのか？　教皇の下にいる幹部どもは私腹を肥やしてるんじゃないのか？　キナ臭《くさ》い噂《うわさ》はいくらでもあるぜ？　そもそもあの即死呪法だって怪《あや》しいもんだ――」

「アイーザ」

俺の話の途中で、ミルスが俺を睨《にら》みつけたまま、傍《かたわ》らの魔道士を呼んだ。

「はい！」

「あの者を殺しなさい」

「かしこまりました！」

ミルスの命令で、アイーザが自信満々に前に出た。

「覚悟しなさいこのクズめ！　この私が直々《じきじき》に息の根を止めてや――」

俺はふっ、と笑って、訊いておく。

「なんだ？　情報はいらないのか？　本当にやるつもりか？」

相手側はレベル30を超えた僧侶と魔道士。こちらはレベル7の大賢者と、レベル15程度のシーフと戦士。結果は見えている。

「ちょ、ちょっと！　最後まで聞きなさ——」

怒りだすアイーザの隣で、ミルスが答えた。

「モンテ教信者が魔王になるなど、出鱈目《でたらめ》もいいところです。耳を傾ける必要もありません」

「そうかい、なら俺から一つ忠告だ——魔道士と僧侶が前に出るのはやめたほうがいい」

「……？」

ミルスが眉を動かした。その直後、シーフスキル『隠密』で、相手側に気づかれずに接近したニャンニャンが、アイーザの真後ろに出現した。振り返ろうとするがもう遅い。

「——なっ⁉」

ニャンニャンがアイーザを羽交《はが》い締《じ》めにして、双剣の右剣をその首に添える。

それを見て後退するミルス。攻撃魔法の詠唱《えいしょう》に入るが、

「そこまで！」

ミルスの横から、ティナが片手剣を突きつけた。

制圧した。

予《あらかじ》め決めておいた戦術通りの動きだ。俺はサインをすでに出していたのだった。

やれやれ、と俺はため息をつく。

「レベル30超えの冒険者が二人揃《そろ》っても、連携《れんけい》しなければ、レベル15程度の冒険者にすら後《おく》れを取る。魔大陸で負けたことを、お前たちはまったく活《い》かしていないんだな」

「貴方……！」

「アイーザを連れて王国へ帰れ。二度と俺の前に姿を見せるな」

俺はミルスへそう言った。

しかしアイーザは、後ろにいるニャンニャンへ食ってかかる。

「放しなさい！　この汚らしい獣人め！　私を誰だと思ってるの⁉」

「ニャ⁉　ご主人、こいつ殴《なぐ》ってもいいかニャ‼」

「やれるものならやってみなさい！　獣臭《けものくさ》い野良猫め！」

「フニャー‼」

うーん、アイーザの威勢がいいなぁ。このまま帰しても、なんだかつきまとわれそうだなぁ。かといって、昔の仲間を殺すのも忍びないし、勇者を殺したら面倒くさいことになるに決まっている。

ここは一つ、貴族の様式に則《のっと》ってみるか。

「わかった。じゃあこうしよう、アイーザ。俺はお前に決闘を申し込む」

「なんですって……？」

「俺が勝ったら、お前はニャンニャンに謝り、今後二度と俺たちの前に顔を見せない。お前が勝ったら、俺はお前に服従し、おとなしくヴァンガーランドへ帰る。これでどうだ？」

「――いいわ、この私に決闘を申し込んだこと、たっぷり後悔させてあげる……！」

ニャンニャンに目配せして、アイーザを自由にした。

「フニャー！　ご主人、やっちまえニャー！」

「任《まか》せとけ」

ミルスに剣を突きつけたまま、ティナも声を上げる。

「頑張ってください、ディランさーん！」

「おうよ」

アイーザと距離をおいて向かい合う俺。

決闘だから、剣も使ってもいいのだが、敢《あ》えて相手の土俵で戦う。そのことに意味がある。

アイーザが呪文を詠唱し始めた。やがて、杖《つえ》をこちらへ向ける。

「――火炎球《ファイアーボール》！」

「小火灯《ファイアーライト》」

アイーザの最強魔法と、俺の初歩魔法がぶつかって、相殺《そうさい》された。

信じられないといった顔をするアイーザが、さらに魔法を唱える。

「火炎球《ファイアーボール》！　火炎球《ファイアーボール》！　火炎球《ファイアーボール》‼」

「小火灯《ファイアーライト》、小火灯《ファイアーライト》、ああめんどくさい、小火灯《ファイアーライト》」

実に適当な感じで迎撃する俺。

魔法を撃つのも面倒だから、トランプで爆破させてやってもいいんだが、禍根《かこん》を断つためにも、ここできっちり実力差を見せておいた方がいいだろう。

　こういう人間は、一度でも敵《かな》わないと悟れば、すぐに相手へ尻尾を振りだす。良くも悪くも切り替えが早い。いまミルスに服従しているのがいい証拠だ。

「はあっ、はあっ、なんでっ、なんでなのよっ……！」

　アイーザはすぐに息切れした。そりゃそうだ。魔法の連続発動は高い技術が必要なのに、技術を持たないアイーザが、根性だけで無理やり連発すればそうなるさ。

「いい加減に認めろよ、アイーザ。昔は違ったが、今はもう、魔法でも俺の方が上だ。おとなしく引っ込め」

「なんっ……ですってぇ……‼」

「気づいてたか？　俺が撃ってた魔法は、小火灯《ファイアーライト》だ」

「えっ……？」

　自分ではそんなこと思っちゃいないが、アイーザの心を折るために敢《あ》えて言う。

「お前とは、素質が違うんだ」

　よろり、とアイーザが後ずさった。その表情に、屈辱《くつじょく》の色がにじんでいる。

「ミルスと一緒に帰れ。俺を連れ戻す任務は、恐らく取り消されるはずだ」

　俺はそう告げたが、

「……ふざけんじゃないわよ」

アイーザは小さくそう呟《つぶや》くと、怒りをあらわにして叫んだ。

「アンタみたいな遊び人のクズに負けたなんて、誰が認めるものですかっ！」

アイーザが懐《ふところ》から水晶玉を取り出した。それが何かを悟った俺は、即座に対策を考えて、準備に入る。

魔法の勇者が叫ぶ。それは彼女が持つ切り札だ。かつての旅でも一度しか使わず、その後一カ月ほど魔法が使えなくなるほどの消耗《しょうもう》をもたらした、身の丈《たけ》に合っていない無茶な魔法。

「──アイーザ・ディ・インザーギの名の下《もと》にいざ、いでよ！　燃え盛る豪炎《ごうえん》の番人！　汝《なんじ》が名はイフリート！　我が前に立つ愚か者を焼き尽くせ‼」

泣き叫ぶようなアイーザの詠唱《えいしょう》。

彼女の背後に魔力の風が逆巻き、巨大な男性型の精霊が出現した。筋骨隆々《きんこつりゅうりゅう》な肉体に炎を纏《まと》うその姿は雄々《おお》しく、眼前に立つものにこの上ない恐怖を植えつける。

召喚魔法。

それは通常の魔法と違い、実に強力なものである。

だが俺は、余裕綽々《しゃくしゃく》でその詠唱を聞き届け、期待して召喚を待った。

──オーケイ。イフリートだな。

「──炎よ歌え♪　煌々《こうこう》たる精霊よ、赫々《かくかく》たる御身《おんみ》よ、鎖《くさり》に繋《つな》がれし魂を、軛《くびき》から解き放たれよ♪　火の揺らめきは勇気の印影、勇気の炎は汝の証《あかし》♪　嗚呼《ああ》、汝が名はイフリート♪」

朗々と歌う俺の周囲に光の帯が生まれ、波紋のように震えて広がっていく。歌声が目に見えるようだった。

その波に触れたイフリートが、その目が、俺を見た。

俺を認識した。

そうして、炎の魔人は、ニヤリと笑った。

「――久しぶりだな、道化師《どうけし》よ」

俺はシルクハットを取って、大仰《おおぎょう》に胸に当て、一礼する。

「こんにちは、豪炎の戦士。また会えて光栄だよ」

「それは我も同様。汝が歌声は我が闘志を実に燃やす。さぁ、命じよ。我の炎は汝とともにある」

イフリートはそう言うと、アイーザのもとからかき消えた。かと思えば、俺の横に出現している。

簡単なことだ。

アイーザが背伸びして無理やり召喚したイフリートを、俺が歌詠唱《アリア》で契約し直したのだ。

彼女の召喚を、奪い取ったのである。

「えっ、うそ……？　な、なに仲良く喋《しゃべ》ってんのよイフリート！　わ、私のときは！　前に私が喚《よ》び出したときは、一言も話してくれなかったじゃないっ!!」

アイーザをぎろりと睨むイフリート。その身に纏う炎が一層激しく燃え盛る。

「道化師よ。アレが此度《こたび》の獲物か？」

「ひぃっ……！　ち、ちち、違うわ、イフリート！　私があなたを喚び出したのよ！　なに言ってるの⁉　あなたを喚び出したのは私なのよ⁉」

「思い上がるな痴《し》れ者《ほ》め！」

イフリートが吠えた。

「ひぃっ……！」

恐怖のあまり腰が抜けて、ぺたりと座り込むアイーザ。体が震えている。

それを見たイフリートは、実につまらなそうに、鼻で笑った。

「ふん。ちっぽけな魔力がやけに耳障《みみざわ》りだったので来てみれば、このようなつまらん魔道士が我を喚んでいたとは」

俺は、まるでアイーザを気遣《きづか》うように、彼女に笑ってみせる。

「イフリートは、ちっぽけな魔力しか持たないアンタじゃなくて、俺を選んだんだよ。単純なことだ。理解できるだろ？」

「そ、そんな、そんなこと……」

「――道化師よ、それは違う。我は魔力だけで汝に肩を並べることを許したのではない。汝の歌が、舞いが、我の炎をより燃やすからだ」

「ふっ。ありがとうよ、イフリート。精霊のアンタにそう言ってもらえると、俺のなかの道化師も喜ぶってもんだ」

俺たちはアイーザに身体を向けたまま、お互いに視線は合わせず、ゴッ、とただ拳《こぶし》を合わせた。

後ろで、ティナとニャンニャンが呆然《ぼうぜん》と、

「イ、イフリートとイチャつくディランさん……！　すっごいです……！」

「ご主人はどこまで規格外なのかニャ……!?　ていうか、その手は熱くないのかニャ……？」

俺が召喚したことになってるから熱くないよ。

アイーザがわなわなと震えている。

「うそ、そんな……そんなことって……私が、こんなクズに……負けてるっていうの……？」

彼女は呆然と、自分の手を眺めだした。

召喚した精霊は、現世に留《とど》まっているだけで術者の魔力を使うため、俺はイフリートに礼を言って、精霊界へと帰還してもらった。そうしてアイーザを見る。

「――アイーザ、貴女はもう、俺なんかに関《かか》わるのはやめた方がいい。貴女《あなた》はこんな所で時間を浪費する女《ひと》じゃない。貴女はもっと上を目指せる人間だ。そうだろ？　アイーザ・ディ・インザーギ。名高いインザーギ家の、美しく賢い女《ひと》よ」

俺を認めつつある今のアイーザなら、引っかかるんじゃないかと思って、大仰に褒《ほ》め殺ししてみた。

アイーザは、ぶるっ、と震えて、

「そ、そうよ――。なによ、わかってるじゃない、アンタ……」

安心したような、嬉しさを押し殺すような顔を見せた。

詰めだ。

俺は記憶の引き出しから、アイーザが好きそうな、権力を持つ貴族の名前を持ち出した。

「貴女の故郷であるサンドレッリアに、リリエンタール伯爵《はくしゃく》がいるだろう?」

「リ、リリエンタール伯を知っているの……?」

「もちろん。伯は俺の、サンドレッリアにおけるスポンサーの一人でね。話をつけておくから、一度訪ねてみるといい。コネクションさえあれば、どうとでもなるでしょう? 貴女なら」

「ほ、本当……? え、ええ、そりゃ、私なら、顔さえ繋《つな》げればどうとでもなるけれど、でも」

「ヴァンガーランド王にはもう話をつけてある。俺を連れ帰る必要はない。貴女はもう自由だ」

アイーザがなんでミルスに従っているのかは推測しかできない。リリエンタール伯爵には悪いが、あの貴族には貸しがある。そして、効果はあったようだ。

「そ、そうだったの……? なら、もういいわね……サンドレッリアに帰っても……」

妙にホッとした様子のアイーザ。

俺は心中でガッツポーズ。

見事に引っかかった。よし。これでもうコイツとはおさらばできる。とっととどいなくなってくれ。

後ろで、ティナとニャンニャンが戦慄《せんりつ》したように、

「うう、他人《ひと》がディランさんの話術に引っかかってるの、見るの辛《つら》いです……！　良心が痛いっ……！」

「え、えげつないニャ……！　ご主人、マジでえげつないニャ……！」

意味がわかりませんね？

俺は最後の一押しをする。

「貴女のお国に戻られるがいいでしょう、アイーザ」

「そ、そうね……。その…………そっちの、獣人、さっきは、その、悪かったわね……」

ニャンニャンはきょとんとした後、首を振った。

「ま、別にいいニャ。ご主人に免じて許してやるニャ」

「道化師、アンタにも、その、世話になったわね……」

驚いた。俺にまでそんな言葉を吐くとは。こうも素直になるなら、もっと早く褒め殺ししておけばよかったかもな。……いや、調子に乗らせたら、それはそれで面倒くさそうだから、やっぱりなし。惚《ほ》れられても困るし。

などと詮無《せんな》いことを考えていたら、黙っていたミルスが口を開いた。

「アイーザ。何を勘違いしているか知りませんが、離脱することは許しません。あなたは罪人なのです。モンテ教団でその身を預かる限り、あなたは私の指示に従っていただきます」

それを聞いたアイーザが、口を開きかけたそのとき、

「――いいや、そうでもないよ」


声と同時、座り込んでいるアイーザの左掌に、とす、と何かが無造作に落ちてきた――否《いな》、投げ込まれた。

「ぎ、」

ナイフだった。それは貫通し、アイーザの掌を地面に縫いつけた。

「ぎゃあああああああああああっ！　痛いっ、痛い痛いっ！」

泣き叫ぶアイーザ。

突然のことだった。

誰もが、呆気《あっけ》にとられ、動けなかった。

「――全員固まれ！」

俺が叫ぶ。反射的に動いたティナとニャンニャンが俺の背後について死角を補う。

「ニャンニャン！　敵の位置はわかるか!?」

「わ、わかんないニャ！　『探知』に反応なし！　音も匂《にお》いもまったくしないニャ！」

「俺もだ！　まったく視線を感じない！　二人とも気をつけろ、手練《てだ》れだ！」

アイーザは泣き叫び、ミルスは無表情で頭上を見ている。声の主を探すように。

「痛いっ、痛い痛い痛い痛い痛い痛い痛い……！」

「………」

アイーザに回復魔法をかけてやりたいが不可能だ。同じパーティでないと、近づかなければ魔法をかけられない。だが、こちらも今は一歩も動けない。俺がこの場を離れれば、ティナとニャンニャンが危ない。

どこからともなく、声がする。

「キミはもう帰る場所なんてない。国にも、家にもね」

高音だが、男の声だ。

「モンテ教団がキミの身柄を引き取りに来ただろ？　おかしいと思わなかった？」

目を凝《こ》らすが、周りには木ばかり。人影はまるで見えない。

「キミはもう、国はもちろん、家からも見捨てられたんだよ」

アイーザが痛みに泣きながら、叫び返した。

「嘘……嘘よ、嘘つかないでッ！」

「嘘じゃあない」

声は続ける。

「これがその書状さ。よく読んでご覧。インザーギ家はキミを教団に売ったのさ」

空から一枚の紙切れがひらひらと落ちてくる。

目の前に落ちてきたそれを、アイーザは血まみれの手で拾うと、震えながら読み始めた。

「そんな……嘘……あぁ、なんで私の名前が……お父様……酷《ひど》い、酷い……こんなの……嘘よ、信じない、信じない……」

「わかった？　キミはもういらない人間なんだよ。だから――」

ナイフが刺さった。アイーザの首の後ろに。

「僕が殺しちゃってもいいってわけ☆」

どさりと倒れるアイーザの身体。彼女の血が、じわじわと地面に広がっていく。

そうして。

アイーザは、あっけなく死んだ。

魔法の勇者でありながら、道化師の俺に魔法で負け、そして国からも家からも親からも見捨てられた哀《あわ》れな魔道士は、絶命したのであった。

その様子を、俺たちと、そしてミルスはただ呆然と見ていた。

信じられないといった表情で、ミルスが虚空《こくう》へ問いかける。

「なぜ、あなたが、ここに……？」

その質問の答えは、ナイフで返ってきた。

「あうっ⁉」

ミルスの腕にナイフが刺さる。

またも、どこからか、声がした。

「――神官ミルス、次はキミだ」

「そんな……私は、私は教団に尽くしてきたのに……！　なぜです！　なぜ！」

ミルスが叫ぶと、声は、

「ふっ……く。くは、ははは、あはははは！」

笑いだした。心の底から楽しいといった様子で。

「なぜか！　わかりきってるだろう、神官ミルス！　信仰に見捨てられたからだよ‼」

「そんな……そんな……！」

「あははは！　いいよいいよ、もっとその顔を拝《おが》ませてくれよっ！　僕が教団の清掃係なんてやってるのはそのためなんだからさぁ！」

「司祭様……なぜ……どうして……？」

「そこの道化師くんが言ってたじゃないかっ！　教団は信用に値《あたい》しないって！　あはははは！　裏切られたねぇ！　裏切られてしまったねぇ！」

「うう……ううう……」

膝《ひざ》をついて、悔しさに涙を流すミルス。その唇が動いた。

「――神の奇跡をここに。治癒《ヒール》……」

「させるかよ」

回復魔法を唱えようとしたミルスの首に、ナイフが深々と刺さる。

「ががっ……ごっ……おががっ……!?」

膝をつき、地面に倒れたミルスが、喉《のど》を掻くようにして、のたうち回る。

「あごっ……ごごっ……!!」

血だまりのなかで、神官服を真っ赤に染め、やがて動かなくなった。

教団に仕《つか》え、その教えを世界に広めるために勇者となったミルスは、教団に絶望しながら死んだ。

あっという間に二人が――二人の勇者が殺された。

そして、またもナイフが投げられてきた。

――今度は俺か！

長剣で弾《はじ》いた俺は、剣《けん》を振るった動きの延長で舞踏《ダンス》を開始。風の精霊を召喚する。声の主の目的が定かでなかったため見に回っていたが、

――俺たちも標的だというのなら、やってやる！

「シルフ、頼む！」

ぶわっ！

喚び出されたシルフは、辺り一帯に突風を起こした。音のわずかな違和感を拾った精霊は、襲撃者の居場所を魔力経由《けいゆ》で俺に伝え、

――そこか！

トランプを投げる。敵の手が動く。ナイフで弾くつもりか。しかし甘い。

ばふ。

俺の投げたトランプは、標的に当たる直前、小さな袋へと姿を変えた。

袋を切り裂いた敵は、舞い散った粉塵《ふんじん》をもろにかぶり、赤い色《ペイント》と匂いをつけられる。

敵の位置が知れた。

「陣形！」

叫ぶ。敵を正面に見据えたティナが即座に前に出て大盾《おおだて》を構えた。俺とニャンニャンはその後ろにつく。

森の中から、声がした。

「あーあ、ひっどいなこりゃ」

ペイントで全身が真っ赤になった襲撃者が、ぱんぱんと服をはたきながら、ゆっくりと出てきた。

小さな体軀の男だった。

右手にショートソード。左手には、包みをさげている。姿はシーフのそれに近く、顔を覆面で隠していた。しかし、

――この妙な雰囲気は、なんだ……？

胸騒ぎがする。

覆面男がせせら笑うように、

「冒険者ってのは、礼儀を知らないやつらが多いねぇ。さっきもそこにいたんだよ。無礼な冒険者が」

左手の包みを放り投げてきた。ごろり、ごろり、と中身が転がる。

罠を警戒したティナが大盾を構える。だが、その必要はなかった。

人の首だった。

覆面男が投げたのは、人間の生首だった。

ティナがはっとする。

「この人、さっきの……！」

その首は、先ほど助けたパーティの戦士のものだった。

「あ、ひょっとして友達だった？　いやぁごめんねぇ☆」

「なんてことを……許せない……！」

盾を持つ手に力が籠《こ》もるティナ。

俺は彼女の肩に手を置いて、落ち着け、と伝える。そうして、覆面男に訊いた。

「お前は誰だ？　目的は？　雇い主は？」

「あぁ～自己紹介しておこっか？　ディランくんとはこれから先、長い付き合いになるし？　拷問《ごうもん》で、だけど」

覆面男は、空になった左手を背中に回し、告げる。

「タミワ教団・大司祭直轄《ちょっかつ》の清掃係。ベリー・ジーンだよ。よろしくね☆」

あとがき

ロリ巨乳とバイクが好きです。
初めまして、こんにちは、ライトノベル作家の妹尾尻尾《せのおしっぽ》と申します。
ここから先はあとがきの時間です。

本作は、小説投稿サイト「小説家になろう」様にて2018年6月15日に連載を開始した『遊び人は賢者に転職できるって知ってました？ ～勇者パーティを追放されたLv99道化師、【大賢者】になる～』を、改稿し、書籍化したものとなります。

著者としては、集英社ダッシュエックス文庫様では、2シリーズ目の刊行となります。前シリーズであり、同レーベル新人賞受賞作である『終末の魔女ですけどお兄ちゃんに二回も恋をするのはおかしいですか？』をお読みになった方はお久しぶりです。その節はお世話になりました。

今作はタイトル通り、遊び人が賢者になって冒険する物語です。

ところで、某RPGでの遊び人は、レベルが上がれば上がるほど、戦闘中に余計なことをするという役立たずでありながら、経験値を積めば賢者という強力な職業になることができる、一風変わった存在です。

私はこの遊び人が大好きでした。

みんなが必死に頑張っているときに、ついつい余計なことをしたくなる。うんうん、そういう衝動ってあるよね、と共感したものです。遊び人、他人に思えません。他人に思えなすぎて、遊び人に自分の名前をつけて、パーティに入れて魔王を倒しに行きました。これがもう本当に足手まといで、戦わないわすぐ死ぬわで、それはもう自分（と同じ名前のキャラ）にイライラしました。イライラしたのかよ。

でも好きなんです。だからでしょうか。

――遊び人が主人公の小説が書きたい。

他の作家先生が『勇者』や『魔王』や『村人』を主人公に据えるなか、私はそんなことを思いました。

受賞前の投稿時代では、道化師が主人公の作品を書いて応募したり。

受賞後では、刊行中の別作品（『神スキル【呼吸】するだけでレベルアップする僕は、神々のダンジョンへ挑む。』／モンスター文庫）で、主人公が戦士から道化師に転職したりします（戦士から道化師に転職って正気かよ）。

そんな執筆経験値を積み、ついに今作にて、道化師は賢者になったというわけです。上手《うま》いことタイトルに繋がりました。やったぜ。

ＲＰＧの『遊び人』要素も残しつつ、マジシャンや路上パフォーマー、ダンサーなどの要素も取り入れている、私の『道化師』。書いていて非常に楽しい存在になりました。読者の皆様にもお楽しみ頂けたなら、幸いです。

さて、本作の一番大事な部分ですが、ヒロイン二人は低身長で巨乳――いわゆるロリ巨乳です。

先の『終末の魔女ですけど～』でも、ヒロインはロリ巨乳でした。

完全に趣味の話になるのですが、身長が低いと、胸の大きさが強調されて、最高だと思うのです。

きっとあなたもそう思うと信じています。

ちょっと危ない人みたいになってしまいましたが気のせいです。

ともかく、ロリ巨乳の素晴らしさに気づいて以来、どんなジャンルの小説を書いても、作中で必ずロリ巨乳のキャラが出てくるようになりました。自然と、勝手に出てくるのです。不思議で仕方ありません。小説の神様がいるとしたら、きっとド変態に違いありません。いや、神様のせいにするなって感じなのですが。

いつのまにか信仰の話になっていました。作品の話題に戻しましょう。

本作の書籍化に伴い、イラストレーターさんの選定作業も行いました。イラストを担当してくださったTRY《トライ》先生は、私が希望しました。先生の描くイラストは、昔からとても大好きでしたので、お受けくださって感謝感激です。上がってきたラフを見て、それがもうエロくてエロくて、めちゃくちゃ感動しました。

何より最高なのは、ティナとニャンニャンの胸の形が（同じロリ巨乳でありながら！）違うところでしょう。例えばカラーの口絵1。ティナは胸の下の服で支えていて重みを感じますし、またニャンニャンはこぼれないようにブラできっちり持ち上げてるのがわかります。こういうところです。こういうところが最高なのです。また信仰の話になってしまいました。

TRY先生、色々とお願いを聞いていただき、ありがとうございました！

また、本作は、コミカライズが先行スタートしております。

コミカライズを担当してくださったのは、柚木《ゆずき》ゆの先生。キャラデザのイメージをそのままに、それでいて独自の可愛らしさ・カッコよさを表現してくださって、本当に素晴らしいです。再構成されたお話もとても分かりやすくて、大変勉強になりました。

小説では（地の文などで）描写されていない部分も、漫画では描かれています。街の風景やモブたち、主要キャラの細かなしぐさや表情などです。柚木先生は、その描かれていない細部まで、きっちり、そして魅力的に表現してくださいました。まさに『神は細部に宿る』！ このあとがきを書いている時点では、まだ第一話のラフまでしか拝見していないのですが、完成原稿を読むのが楽しみです！ 絶対面白い！

連載時に発見した反省点は、書籍版でなるべく改善するよう努力しました。すでにＷＥＢ版をお読みの方は、書籍版との差異もお楽しみ頂ければと思います。

あと、上の方でちらっと書きましたが、本作の発売と同時期に、『神スキル【呼吸】するだけでレベルアップ～』も発売されます。

職業《ジョブ》や世界観など、微妙に繋がる部分があったりなかったりしていますので、そちらも併せてよろしくお願いします。あっちもヒロインはロリ巨乳です。一途《いちず》な幼馴染み系ロリ巨乳です。きっとご満足いただけると思います。

無駄に長くなってしまいましたが、最後に謝辞を。

編集の日比生《ひびう》さん、イラストのＴＲＹ先生、コミカライズの柚木ゆの先生、営業さん、出版に関《かか》わってくださったすべての方々、「なろう」の読者様、そして何よりこの本を手に取ってくれた皆様、本当にありがとうございます。

また近いうちにお会いできることを祈っております。

それでは！　ロリ巨乳万歳！

この作品の感想をお寄せください。

あて先　〒101−8050　東京都千代田区一ツ橋2−5−10
集英社　ダッシュエックス文庫編集部　気付
妹尾尻尾先生　TRY先生

ダッシュエックス文庫

遊び人は賢者に転職できるって知ってました？
～勇者パーティを追放されたLv99道化師、【大賢者】になる～

妹尾尻尾

2018年12月26日　第1刷発行

★定価はカバーに表示してあります

発行者　鈴木晴彦
発行所　株式会社　集英社
〒101－8050　東京都千代田区一ツ橋2－5－10
03(3230)6229(編集)
03(3230)6393(販売／書店専用) 03(3230)6080(読者係)
印刷所　株式会社美松堂／中央精版印刷株式会社

ISBN978-4-08-631283-7 C0193

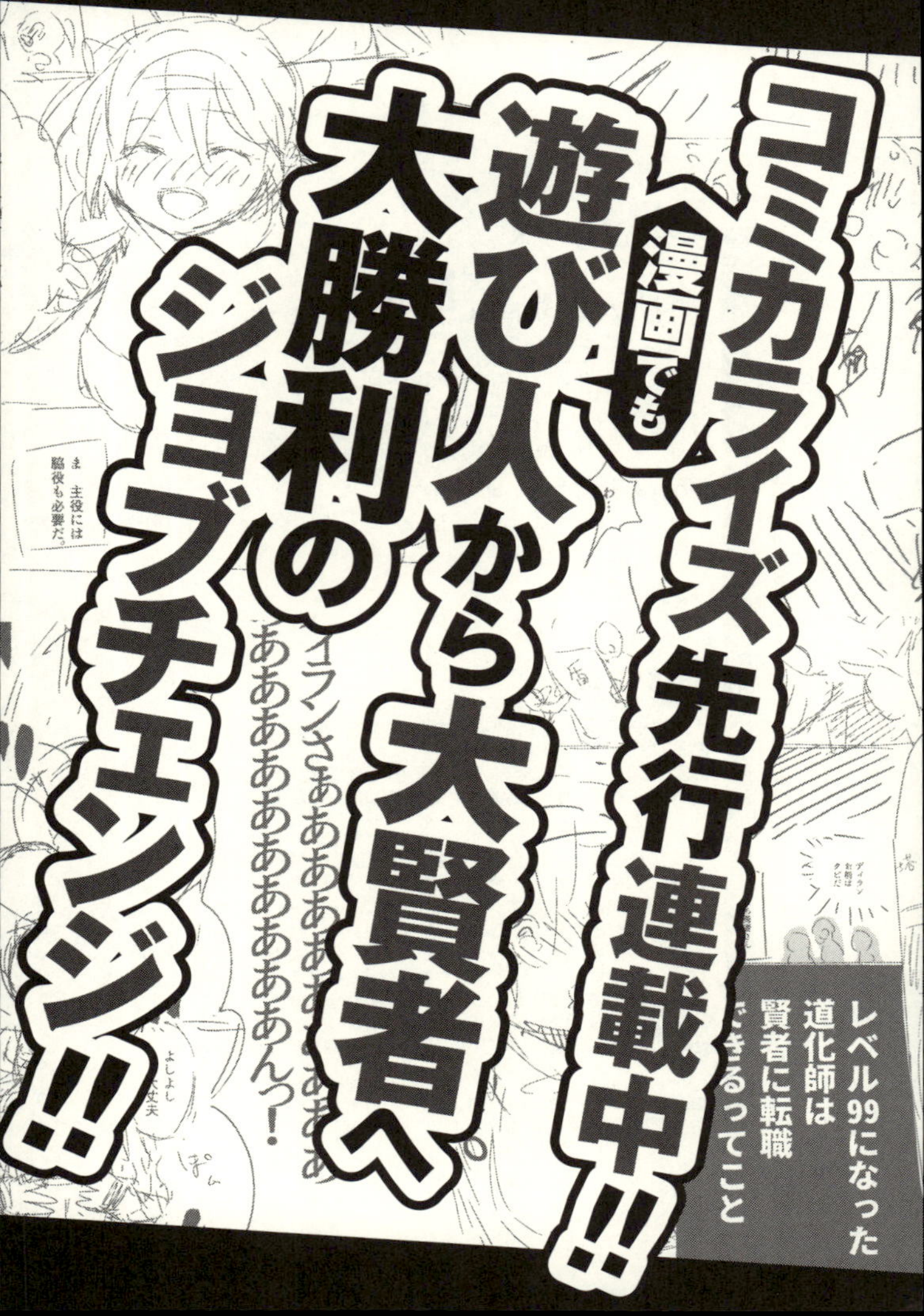

コミカライズ先行連載中!!
漫画でも
遊び人から大賢者へ
大勝利のジョブチェンジ!!
レベル99になった
道化師は
賢者に転職
できるってこと
ィランさぁぁぁぁぁぁぁ。
あああああああああああんっ!
ま 主役には
脇役も必要だ。
よしよし
大丈夫

漫画版キャラデザ
大公開！
ディラン
ティナ
ニャンニャン
今すぐ無料で読める♪
水曜日はまったり
ダッシュエックスコミック
にて大好評連載中!!

ダッシュエックス文庫

俺の家が魔力スポットだった件3
～住んでいるだけで世界最強～
あまうい白一
イラスト／鍋島テツヒロ

黒金の竜王アンネが隣人となり、異世界マイホーム生活は賑やかに。でも、戦闘ウサギに新たな竜王の登場で、まだまだ波乱は続く!?

俺の家が魔力スポットだった件4
～住んでいるだけで世界最強～
あまうい白一
イラスト／鍋島テツヒロ

今度は国を守護する四大精霊が逃げ出した!! 強い魔力に引き寄せられるという精霊たちは、当然ながらダイチの前に現れるのだが…？

俺の家が魔力スポットだった件5
～住んでいるだけで世界最強～
あまうい白一
イラスト／鍋島テツヒロ

盛大なプロシアの祭りも終わったある日のこと。今度は謎の歌姫が騒動を巻き起こす…!? 異世界マイホームライフ安心安定の第5巻！

俺の家が魔力スポットだった件6
～住んでいるだけで世界最強～
あまうい白一
イラスト／鍋島テツヒロ

リゾートへ旅行に出かけた一行。バカンスを楽しむはずが、とんでもないものを釣りあげてしまい!? 新たな竜王も登場し大騒ぎに！

ダッシュエックス文庫

モンスター娘のお医者さん
折口良乃
イラスト／Z《ぜっ》トン

ラミアにケンタウロス、マーメイドにフレッシュゴーレムも！ 真面目に診察しているのになぜかエロい!? モン娘専門医の奮闘記！

モンスター娘のお医者さん2
折口良乃
イラスト／Z《ぜっ》トン

ハーピーの里に出張診療へ向かったグレン達。飛べないハーピーを看たり、蜘蛛娘に誘惑されたり、巨大モン娘を診察したりと大忙し!?

モンスター娘のお医者さん3
折口良乃
イラスト／Z《ぜっ》トン

風邪で倒れた看護師ラミアの口内を診察!? 卑屈な単眼少女が新たに登場のほか、厄介な腫瘍を抱えたドラゴン娘の大手術も決行!!

モンスター娘のお医者さん4
折口良乃
イラスト／Z《ぜっ》トン

街で【ドッペルゲンガー】の目撃情報が続出。同じ頃、過労で中央病院に入院したグレンは、ある情報から騒動の鍵となる真実に行きつく。